如是我爱

The Untouchable Paradise

李凤群 著

新世界出版社
NEW WORLD PRESS

图书在版编目（CIP）数据

如是我爱 / 李凤群著．—北京：新世界出版社，2013.7
ISBN 978-7-5104-3753-3

Ⅰ．①如…　Ⅱ．①李…　Ⅲ．①长篇小说－中国－当代
Ⅳ．①I247.5

中国版本图书馆 CIP 数据核字（2013）第 152403 号

如是我爱

作　　者：李凤群
责任编辑：冀　晖
责任印制：李一鸣　黄厚清
出版发行：新世界出版社
社　　址：北京西城区百万庄大街 24 号（100037）
发 行 部：（010）6899 5968　（010）6899 8733（传真）
总 编 室：（010）6899 5424　（010）6832 6679（传真）
http：//www.nwp.cn
http：//www.newworld-press.com
版 权 部：+8610 6899 6306
版权部电子信箱：frank@nwp.com.cn
印　　刷：三河市骏杰印刷厂
经　　销：新华书店
开　　本：880mm×1230mm　1/32
字　　数：170 千字　　印张：8.25
版　　次：2013 年 9 月第 1 版　2013 年 9 月第 1 次印刷
书　　号：ISBN 978-7-5104-3753-3
定　　价：26.00 元

目录
Contents

/ 001 生者致亡灵的情书
/ 001 水
/ 023 黑咖啡
/ 046 花儿
/ 064 伤离别
/ 079 姐姐
/ 096 灾难
/ 116 糖果甜
/ 133 母亲
/ 148 依偎
/ 168 死神
/ 180 新生
/ 202 真相
/ 224 洪水
/ 243 永爱

生者致亡灵的情书

这应该是一封情书。一封隔了十年才由生者致亡灵的情书。原因无它，因为过于炽烈的爱。

爱是恩典，爱是恒久忍耐。

十年光阴沉淀下来的这些文字，仍让我们胸口发烫。

主人公是一对普通的饮食男女。他们的爱像水流遇到石头。这石头如此坚硬，因为，在他们身后站着的，是两个滞重的阶层，是一个国家积年历史所形成的巨大城乡差异。又或者说，不管哪种文明模式，总得有它的“罗密欧与朱丽叶”，红尘才会有让众生心醉心碎的凄凉三叹。

幸好，幸好瘟疫来了，那场百年不遇的“非典”。

灾难从芸芸众生中区别了你我，也留下了这段关于纯真之爱的颂唱，让我们的庸俗日常有了草木清新之气。

十年生死两茫茫。

爱是什么？作为一个年近四十的老男人按理来说，应该不惑。曾几何时，我说：在日常生活中心平气和地接受另一半的缺点，是谓爱的能力；若在日常生活中还能看见另一半区别于芸芸众生的那张脸庞，是谓爱的艺术。

看完这本书后，我想，我这个认识还是浅薄了。

是为序。

黄孝阳

2013 年 4 月 10 日

水

2012 年 11 月，秋季的最深处，它缓慢而平静的节奏，犹如盛大舞会接近尾声的疲倦和寂寞。

天空湛蓝，显得高远而深邃。这难得一见的好天气激发了我出门的欲望。我从家里出来，为上小学的儿子去买冬衣，付钱的时候，我留意到打印发票上的日期——11 月 7 日。

这个日子我是记得的。十年前，也是这一天，孩子尚在我腹中，我到医院做定期体检。医生说，孩子很健康，肯定会聪明漂亮，但我得大量地补充维生素和高蛋白。

医生的话使我倍感安慰，我记得那天我心情很好。从医院出来，黄昏已近，气温下降很多，却并不觉得十分寒冷。我上了公共汽车，车身轻轻摇晃，腹中的宝宝也活动起来。我翻看着手中的孕检报告，注视着那个日期，情不自禁地想你——我腹中孩子的爸爸——春天，人人戴着口罩，你站在信用社门口，捧着九十九朵玫瑰向我求婚。在九十九朵野生玫瑰的簇拥下，你显得容光焕发，神采奕奕。

是的，十年前，在已经失去你的那年秋天，我记起你春天时向我求婚的情景。十年后的今天，我再一次回想那些情景，一切历历在目，无有改变。

时至今日，我才明白，人的一生，其实就是由万千片刻组成的。有的片刻毫无意义，而有的片刻，却是生与死的理由。

你第一次踏进我工作的信用社时，散发着一种与众不同的气息，清新、洁净，像从一场雨水中沐浴后走来。最初的一刹那，我怀疑你不是城里人，城市人在我的眼里是骄傲而造作的；当然你不可能是乡下人，乡下人没有那种挺拔、干净的仪表。我来自乡下，我知道那地方，知道那里的一切。当然，我眼里的干净还有一层不同于通常的意义，那就是——水里没有漂浮的炭灰，身上没有黑炭的颜色，空气里没有黑炭的气味——这是我们期盼已久的生活场景。不过，谁也没有料到的是，你离开后这十年，我工作过的信用社全部消失不见了。亲爱的，我得告诉你，那个你长大的小巷不在了，你念过的小学拆迁了，你和同学捉过迷藏的公园盖起了大楼，而清风和明月都含糊了，雾霾使人忧心忡忡，甚至有时十几天见不到太阳。星空亦已不见，仰望只见虚空。那个我们以为靠得住的城市已经面目全非。

我不是那种让男人们一见倾心的女子，我不喜欢说话。一味低头的模样使我少有被男人关注的时刻，偶尔对我产生兴趣的男人起初会为我的安静而着迷，可是不久就会在我呆板不变的神情中自行逃离。你初次见到我时，那种看我的目光，我也并不陌生。我按通常的做法低下头去，以为这种关注就像从窗口飞过来的蝴蝶，只有飞离——可以和我毫无保留地亲近的只有水。我有时喜欢把头深深地埋在水里，直到快窒息为止。我那么亲近它，迷恋它，可是，一旦想起自己的母亲是死于有毒的水，我又恨不得把水劈得粉碎。

那天你关注我的时间比我抗拒的时间要长，但我依然认为自己赢了——你一言不发，然后转身离去，很干脆，没有回头。

但是第二天你又突然出现，看我一眼，递进来一笔钱，拿到存折后转身离开，很干脆，没有回头。

此后，你隔三差五就往我们信用社跑。一连好几个月，不管我的柜台前有多少人，你都规规矩矩地排队，填好单子，交给我，同时递上钱，并不多说一句话。我后来才知道，你把情书放在皮夹里，准备装作掏钱时把它掏出来，可是你的情书一次次被重新誊写，又一次次被捏出汗来，最终，在炎热的夏天，你真正做过的就是站在柜台前一动不动地看着我。

你后来告诉我，当我第一次把眼睛抬起来看你的时候，阳光勾画出我的鼻尖、双唇、脖颈和脖颈后面飘动的茸茸碎发。你说你就发现我是水，是水做成的；你说我的眼睛就像一汪水。你这么形容的时候，我只是笑。恋爱中的男女说出什么话来都理所当然。但是我内心知道，一个男人对一个女人的倾心或者一个女人对一个男人的痴迷，其中肯定有内在的因素，但我不知道奥妙到底在哪里。我只知道，彼此相爱的两个人，一定有着对彼此非比寻常的认识。

你很快被信用社的人看穿。每次你一进门，同事马上就往我这儿看。你一走，要好的同事就上来打趣：方容，要是人人都像他那样没事找事，我们大家都会累死啊！

我那时候刚刚开始进入信用社工作，业务还不是十分熟练，事情一多难免有点儿手忙脚乱。你说你一直记得初次见面的我——穿着深灰色的制服，因为天气热，我把头发扎成一束马尾拖在脑后，忙着的时候就像是做了亏心事般脸红红的，那种单纯的样子无论谁看了都是不忍责备的。

时间长了你就知道，我是个乡下来的姑娘，我那一脸天然的纯洁是修饰不出来的。你后来对我说：就连你的忙乱都是那么诚实，那掩饰不了的纯朴从举手投足中散发出来，叫人不厌倦。而你——叶郅诚，在我的眼里也是个怪人。你三天两头来存款，今天存了第二天又会来取。你不管人多人少就是一言不发地立在那里，偶尔会抬起头来看我一眼，看过就又把头低下，没有造次的意思。后来信用社里的同事们一想到你追求我的方式，都会笑个不停，她们没有看出你是名牌大学计算机专业的硕士研究生。你总是那么沉默，实在是不合时宜的沉默。他们都认为你追求我的方式过于老套，以至于他们都说你木讷，背地里叫你“呆子”。后来我才知道，在这期间你做了许多事，参加了托福考试，为公司制作了两套应用软件，你还得忙于吸纳更多的经验和更先进的知识。可是不管多忙，你似乎都有时间到这个微不足道的地方来不断地重复存款、取款。即使是十年前，在我们信用社四周，有许多大银行也已经添置了 ATM 自动存取款机，所以你这司马昭之心的行为简直笨拙到家了。在这样的城市里，你的行为对增加你的吸引力毫无帮助，可是你固执地保持着的形象恰恰打开了我的心门。你的痴情让我措手不及。还好，你没有为难我，你静静地站在那里，让我内心的屏障一层一层褪去——在我自己看来是不可逾越的，而你却用一个男人天然的光芒化解了它。你就是用这个东西鼓舞了我。我发现我开始爱上了城市，是的，我爱上了城市，然后也接受了城市男子——你的爱。

自从你出现后，我慢慢地变得喜欢当班，变得对柜台前不断进进出出的客人充满了好奇。可你是不同的，你每一次到来，我全身的血液就会沸腾，面颊变得绯红。我也不明白理智和软弱中哪个隐藏的原因使我的心明亮了。一个人平时可以应付自如的情绪，竟然在那时自由奔驰起来，强烈地，不可遏制地，轰鸣作响，撞击着我。

有一天夜里，我在梦里遇到了你，我责问了你：你为什么不说话？事实上你说话了，你每天来时会说：您好！走时会说：再见！你的业务过于简单了，无非是存一点取一点，查一下账单，简单得让我们无话可说。

第二次我在梦里遇到你，你回答了我，你问：你愿意嫁给我吗？

你在梦中神情严肃，正是这种严肃悄悄地点燃了我内心的火。谁知道呢，那个时候，除却如此严肃的对待，谁有能力使我卸下铠甲？这火在梦里燃烧到了全身，我发现自己周身通红。正是这梦里的火红色，使我看到了生活的另外一面。我仍然吓得要逃开，我大叫着说“不”。声音惊醒了哥哥和嫂子，嫂子拿来毛巾帮我平静下来，她早已从哥哥那里得知：杀死母亲的有毒的水，使他失去了两个姐妹——一个离家十多年没有回头，另一个失去了笑的能力。她认为我在想念母亲，她坐在床边拍着我让我平静下来。

等了将近半年，我也觉得你暗恋的时间长了一点儿。虽然我对你缺乏一般意义上的了解，可是我仍然等着你开口，开口约我吃饭，彼此了解，或者说送来一封信也可以啊！“他一定是书读多了。”我的同事如此评价。

虽然你以储户的身份而来，但你向来只站在我的窗口，只会在我当班的时候光临，翻来覆去地存取那一点点钱。你经常更换衣服，永远那么干净，整洁。最初你不敢看我，后来敢于直视我，半年时间仅限于此。你不跟我说业务之外的话，怕暴露自己的心事。可那不管用，你的脸庞泄露了你，你的手脚泄露了你，你的雪白的衬衫和燃烧的眼睛统统泄露了你，而你却无能为力。你身不由己。

后来你对我说，我眼里有远离世俗的骄傲，你所迷恋的就是这种超乎世俗的温柔，同时你也怕被这种温柔灼伤。

我非常难为情。我不是什么高傲的姑娘，我只是从乡下来投靠哥哥、怕被有毒的水伤害的姑娘。如此而已。

现在想起来，你的等待是明智的。女孩也是不一样的，当她们仿佛可以接近的时候，她们其实与你相隔千山万水。当她职业性地面对你时，她的心其实不在这里，她并不知道她自己的蔑视、厌弃和渴望。误解和躲避使许多人失去了相知相爱的机会，尤其是来自不同世界的人。你每一次到来，都逼着我思考这个问题——你是谁？我因为常常晚上对着空无一物的墙壁发呆而不肯走到门外，我坐在自己房间的桌前，久久盯着墙壁发呆，你那温柔的憨态一连好几天都在温暖我的心，但同时也使我迷乱、困惑、难过。这是什么呢？这是我要的吗？我不得而知。但是我可以感觉出那片风景中潜藏着对自己至关重要的东西，虽然一切还像迷雾般迷离，前途依稀莫辨。想必你也有同感，否则你就不会用这有别于常人的方式小心翼翼地靠近，你就不会紧张到语无伦次。

你给了我足够的时间让我的情窦慢慢张开。也许就是因为你有别于我心中的任何躲避着的形象，我开始倾心于你。或许这过程中还应该有些更合理的解释，事实上，你存在着，那张脸，那双眼睛，那个形象的存在本身就是我倾心的理由，后来的种种都是锦上添花而已。

我的同事私下里喊你为“呆子”。她们没有恶意，一开始她们认为你是已经结过婚的男人，因此不敢开口；后来她们自己又否定了这个结论，她们说，一方面你的年龄最多二十四五岁，另一方面，一个过来人不会如此憨厚，如此痴情，如此单调，如此执著。

时隔十年，我忘掉了许多人的名字，忘记了许多个清晨和黄昏，可是我忘不掉你衣服的颜色，忘不掉你手掌的轮廓，忘不掉你脸上的表情和你眼睛里的光芒。

你的行为让我的同事们纷纷赞叹，她们同样从你身上感受到了一种超乎寻常的魅力，你如此执著而独特的行为是她们今生今世也没法感受到的浪漫。终于有一天，在你再次来到我柜台前填写取款单据时，我旁边的同事——薛大姐行动了，她趁领导不在从位置上站了起来，故意大声地问："叶先生，你的工资每月多少啊?"

"四千多。"你老老实实地说。

"你一个月的工资两天就都取出去了，你太能花钱了吧!"

面对薛大姐刁难的口气，你赶紧解释："我花不了那么多，我不是花掉。"

"那你为什么取钱?"

这口气把你逼到了绝境，你的脸色开始明显发红："我怕有急用。"

"我知道了，陪女朋友购物，或者吃饭，以防万一是不是?"

"不，不，我没有女朋友。"

"那你为什么今天取明天存？你不怕我们拒绝服务啊?"

"我……"

憋了半天，你才说出了一句十分皮厚的话："我主要是想来看看方容。"

"看她有没有吃晚饭是吗?"

"是啊，是啊，如果没有的话……"呆子这回总算开了窍，"我想请她。"

那天是你第一次说出我的名字，我的听觉把你的呼唤传给我的心，我的心开始抖动。是的，我动心了。一种预感震撼了我，我想我应该和你靠得更近一些，再近一些。我仿佛感受到了水一样的温柔。

事实上我指的是若干年前的水，童年的水。我离开家乡时，小池塘已经变成了一洼臭水沟，长年散发着焦煤的气味，它使人们的饭桌上、厕所里、床上到处都是焦炭的气味。后来家家都已经安装了自来水，可是随着许多工厂不断地向郊区发展，工业废水的排放越来越多，就连我们所饮用的自来水都混浊不堪，需要二次沉淀才能饮用。

那天晚上下班后，你果然站在门口等我。那天我穿了新衣服，不，那段时间我几乎天天穿着那件新衣服。我们自然地并排向前走。我身着紫色大衣长及脚踝，我用白色的围巾挡住紧张的手。而你呢，把手插在西装裤的口袋里，可是口袋太薄，它泄露了你的心思。我看见你不安分的手在口袋里来回冲撞。不错，是冬天，距离我认识你已经整整半年多时间，你才首次把我约出去。其实那时，我们已经心照不宣了。你在我的梦里出现过，而我也肯定在你的梦里频繁出现，这一点我毫不怀疑。不只是我，我们所有的人都认为你让我等得太久了，这难免让人胡思乱想。我们先是找了一家咖啡厅，你要了两杯咖啡，你把服务生端来的咖啡换个位置时掀洒了它，你的手微微颤抖。我留意当时的环境，留意那光线，那咖啡厅的嘈杂声，我记得整个房间都被一种若隐若现的嘈杂声所包围，但是这没有妨碍我什么。你看着我，似乎要等我开口。一开始我一言未发。突然间，我开悟了：事情只取决于我自己了。我不需要有什么准备，我应该说想说的话就可以了。在这之前，我一直不知怎么开口和你说话，但是几乎就在一分钟内，我清楚地知道事情没有如此复杂。因为你是如此浅于世故。你所有的勇敢大概就是目不转睛地盯着我。我想你可能对我误解太深了，所以变得这样胆怯。反倒是我，因为你的胆怯而仿佛摇身一变，变成了一个健谈而开朗的人。当我开口说第一句话时就触到了你温柔的目光，正是这种目光使我有了说话的欲望。那天晚上，我提到了童年的小池塘，提到我那因饮用不洁的水而烂了肠子的母亲，提到我不是正式编制的工作。尽管我说话的欲望来自于你的热忱，但我内心仍然相信你的狂热是盲目的，我有必要向你澄清事实。

我告诉你，我的家乡位于一个矿区，那里曾经崇山峻岭，树干高大，草木茂盛；山坡上开着各种野花：粉嫩的、金黄的、翠绿的；头上阳光灿烂，眼前泥土芬芳，那时，山就是我们的乐园。山上最可爱的当数野兔，我们总会不期而遇，即使彼此都孤身一个，大家都不害怕对方。它们时常瞪着血红的眼睛打量我们，还常常在草丛中和我们相互对峙，反倒是我坚持不住先行告退。可是后来，它们一天天少去了，偶然看到一两只，也是从我们的身边匆匆逃过，一副惊恐万状的样子。后来我知道它们一天天的少去跟煤矿开采有关。突然有一天，我们那里来了一群人，带了一些我们从没见过的机器，然后建筑了一些不一样的房子，他们开始在这里采矿。从那以后，当许多村上人欣喜于自己可以靠在山上找点临时活儿做做就能挣到所谓的“工资”而自鸣得意时，山不知不觉已经变了颜色，总是有尾矿水源源不断地从山里往外排泄。暴雨过后，山上到处都是死去的小动物的尸体，老鼠、山雀、刺猬以及我叫不出名字的毛茸茸的小玩艺儿，当然还有大片大片枯死的树。我们常常拖着貌似庞然大物而其实早已枯朽的树杈往山下走，半路上还故意哎呀哎呀地叫，装出力不从心的样子。

母亲死的时候我才七岁，我只知道她是死于被污染的有毒的水。我所能记得的，是母亲不停地活动着的身影，她上山砍柴，她在山脚下种植土豆、山芋和黄豆。她从山那边挑着粮食蹒跚爬行，爬行的姿势亲切而温暖。她淘米洗菜，成天忙忙碌碌。我对母亲的另一种印象就是她常常捂住肚子，弓着身子走路的姿态。有一天早上我起来的时候，没有看到捂住肚子为我们做早饭的母亲。村上的妇女几乎都挤在我家。我的父亲一夜之间白了头发。我对他头发的颜色感到好奇，更加好奇的是对母亲，她始终以一种姿势躺在那里，对于穿梭在她周围嘈杂的人们熟视无睹。我过去摸摸她的脸，她的皮肤冰凉，手指僵硬。当我呼喊她的时候，她竟然没有出声。我于是求助姐姐，“妈妈怎么啦?”“笨蛋，她死啦!”姐姐尖着嗓子冲我叫。我看见姐姐血红的眼睛里冒着怒火，我不知道这怒火从何而来。她愤怒的表情显然吓着我了，我哇哇大哭。将我吓哭的姐姐自己也跟着哇哇大哭起来。我哭了一会儿就停了，可是她的哭声却绵绵不绝。“什么是死?”我才不管她的哭，再度发问。这回是哥哥答复了我，这个大我四岁的男孩子白了我一眼，“就是永远睡着了！不会再醒来了!”他被自己的话呛着了，随即扑到母亲身上，放开嗓子大声地喊：“妈！妈!”

从那个时候起，父亲就开始对酒精全力亲近，酒精让他面目全非。清醒时他从不多言，醉后就喋喋不休，用老年人才有的口吻跟我们也跟别人讲述众所周知的事实：“我曾经有两个好婆娘，她们都很好，现在都没了，一个难产死了，一个喝有毒的水死了。我就想不通，别人生孩子不难产，就她难产；我也想不通，别人喝这个水肚子不痛，就她肠子发烂。我多么背运啊!”他口中的“她”分别指代他的两个妻子，虽然他从不刻意解释，可是听者烂熟于心。然后他会清清嗓子，对自己的醉言醉语进行总结性的发言，“所以，你们每个人都得离开这鬼地方，这个不吉利的地方，到城里去，到干净的地方去。”他之所以不把希望寄托在他自己身上，是因为他的尝试有过灾难性的失败，但这丝毫不影响他对城市的向往。他想表现得斩钉截铁，可是酒精控制了他的舌头，使他吐出来的字都打了结。我想他应该在醒着时说这些话，可是他不喝酒的时候却沉默寡言，根本一言不发，到最后，酒精成了他恢复语言功能的开关。他经常喝着喝着就地醉倒，母亲的坟头、花生地里、河边、田埂上……他成了村上人的反面教材，大家一致推选他为村上最不走运和最没有出息的男人。这倒不是因为他喝酒，而是因为他太恋婆娘，还因为他越来越迟钝。如果有个人问他：老方头，今天是初几？他就会掰着手指头开始算起来，一直到问话的人不见了身影，他还没有准确的答案，他所能记住的就是他结婚的日子、婆娘死的日子……

我继续说：“你身上的那种干净就是我们来到这里的原因。为着这种干净，我们这些乡下人趋之若鹜、蜂拥而至。我们站在别人的繁华与喧嚷里，层层洗涤着自己身上的乡土。”

可是我话说得越多，你就越陷越深，你好像对于我说话的声音比说话的内容更感兴趣。等我说得差不多时，你开口了，你说：“我知道。”

“你知道什么？”我奇怪地问。

你想了一想，然后说：“我想你应该就是这样的。”

“就是哪样的？”

“就是从大自然深处走出来的。”

“不！”我打断你，“那不再是大自然深处，那里有黑色的空气和有毒的水。”

你说：“是的，我知道，否则我是见不到你的。”

你的话语不像你的神情那样胆怯，你思路清晰，很有分寸。然后你说：“我父亲的老家也在矿区，所以我去过那些地方。”

“那么他现在呢？”

“他已经不在了。”说完你继续沉默，好像是专门腾空耳朵听我说话。我于是继续说自己的故事：母亲没了，父亲又使我忧心忡忡。甚至于连山上的那些野花都不知去向，那些闭着眼睛就能闻出的花儿：金银花、栀子花、蔷薇花……这些都好像突然消失不见了，几乎跟母亲的消失一样。这使我的思路一直都不怎么顺畅，我变得木讷、胆怯。由于营养不良，我总是跌跌撞撞地去上学，分数勉强及格，难得交到一两个朋友。我对人们可有可无，因为我就像一棵生在路边的小草，毫不显眼。唯有一件事情使我一度成为人们议论的焦点。母亲死后，我因为太思念她而郁郁寡欢，不肯到山上去玩。事实上那时候山上已经不好玩了，漫山遍野的黄花绿草，只有在墙上满是灰尘的相框里才能见到。只有小池塘还是那么清澈见底。池塘离我家门前不远，水也不深，可以看到水底的水草、小虾、螺蛳，还有各种各样游弋的鱼。到了夏天的时候，我喜欢赤脚站在水里。对于母亲死于水，小池塘负有不可推卸的责任，可是那水看上去尚是清澈洁净的，置身其中，就像温柔的手轻轻地抚摸着我的肌肤，像极了母亲的爱抚。我养成了去小池塘玩的习惯，我喜欢沉浸在它无限的温柔里。慢慢地我玩水玩入了迷，每天晚上放了学就偷偷地往水里钻。一开始是明目张胆的，后来邻居们开始议论，对我在小池塘手舞足蹈的行为表示费解。这引起了父亲的注意，他开始横加干涉，对水的憎恨使他不愿意走近它，他站在房子面前吆喝我回家："你妈就是喝那水喝坏了肚子的。你快回来，回——来——"他的吆喝声由于舌头打结而断断续续，像黄鼠狼的哭声。在我看来，水不曾让我感到害怕，更似乎是难能可贵的温柔的抚摸，父亲的吆喝只是抬高了水在我眼里的身价。

沉湎的结果是，我觉得母亲正含笑看着我，她并没有睡着，她醒着，她不再捂着肚子，她就在那里看着我，始终如一。事后我会明白那是幻觉，可幻觉也令人陶醉不已。

这种恶作剧般的迷恋使我的学习热情一落千丈。我不仅学习不行，长得也不行，始终发育不出来，我只要走出去，人家就会对我的年龄产生疑问：她有十岁？搞错了吧？

特别是我隔壁的一个小脚老太太，一见到我总有一种忧心忡忡的表情：长不高，以后怎么挑水哟！

后来我明白了，一旦你给别人和自己造成了一个“非此不可”的印象的话，那么，接下来的种种都将随之而形成，想改变可是相当困难的事情。

但即使是梦幻的感觉，也仍然不能持久。在我中专毕业之前，池塘里的水越发混浊不堪，如果投身进去，只会收获一身的黑污。是的，一切都变了，母亲的温柔、那清洁的感觉，都不复存在了。

相比之下，哥哥优秀一点儿，他的出色表现在学习成绩上。母亲死后，他的外表变化不大，既没长高也没长胖，成了一个瘦少年。他的瘦，还有他神情里的哀怨，再加上他三天两头拿第一，使更多的怜惜和期望向他涌去。当父亲问他：念书是为了什么呀？这个十来岁的男孩子朗诵般地回答：进城，到像天堂一样的地方去，离开这个鬼地方。哥哥为了这个远大理想努力学习，他天天早上起来背诵课文，直至滚瓜烂熟。他取得好成绩似乎理所当然，哥哥每次成绩公布后，父亲都有办法做到全村妇孺皆知。这似乎是唯一能让他高兴一下的大事。对于父亲来说，自己的三个孩子如果能够生活在吃干净的自来水、没有煤矿的大城市，简直是活下去的最大理由。他开始把目光无限地投向远方，他想象他的儿子将住在高楼大厦之上，喝着从水龙头里放出来的干净的水，将来讨个城里穿高跟鞋的儿媳妇到村子里看望他……

这就是哥哥所得到的来自家庭的最重要的期望，这使他坚韧和冷峻。他有着超过他年龄和身份的执著。若干年后我才明白，他的坚强不屈并非是对于糊口谋生的需要，也不是继承家族的遗风，而是来自于对父母亲的爱，那无以承载的爱的回报。

父亲反反复复地重复着那些话：你们都应该到城里去，去喝干干净净的水，去过干干净净的日子。时间久了，为了让我们了然于心，他说这是我母亲的意思。其实到后来他自己也说不清这到底是母亲的意思还是他自己的意思。我的大姐是我父亲第一个妻子的女儿，她在我母亲死后的第二年就义无反顾地去了北京，距今已有十五年之久。我和哥哥都不知道她这么多年是怎么过的。她的通讯地址变化无常，我们根据她写信的地址刚刚贴上邮票准备回信，她又在另一个地方寄来下一封信，所以我们索性只收不回，好在她总记得把她还在的消息及时输送回来。到后来，“她活着”成了我们仅有的信息。她用一个初中毕业生的执著在城市生活了十几年。她走的时候我才八岁，我不知道她为了这个不回家的理想怎样安排了她的青春，她的生活对我来说是大片大片的空白，正是这一无所知的空白，使我们坚信她在那遥远的地方贮藏着柔弱的倔强，那就是——不回家。

我呢，承认自己的天智是比较迟钝的，这种迟钝不仅仅是我个人的专利，生长在乡村的孩子到了七八岁还懵懂无知的并不在少数。可是别的小孩对于死肯定有了明确的概念，知道那是一件悲伤的事；可是我呢，却为这种事实确凿的真相绞尽脑汁。我因为长时间内得不到答案而心神不宁，这种心神不宁从那以后就没有离开过我，它所表现出来的症状就是我经常会打碎小花碗，被锄头砸伤脚，被路边的柳条藤绊倒。

后来，我的哥哥考上了宁城的大学，因成绩优异而留在当地工作。而我因为迷恋小池塘，再加上要照顾眼睛一天比一天瞎的老父亲，最终没有考上好的大学，只念到中专毕业。我哥哥站住脚跟后的第一件事就是花大量的时间和金钱帮我找到了现在的工作——信用社的营业员，虽然不是正式编制，不是就不是吧，只要能让我离开黑山黑水的地方，他们的目的就算达到了。

其实不然，我说，城市并不是他们想象的那样，我也不喜欢这个地方，但是，有时候我不得不听令于人，就是这样。

我说得像模像样。你听得煞有介事。

我们以为我们将不再遭遇有毒的水，我们的亲人将永远与灾难隔绝，离它们只会越来越远。这就是我来到这里的原因，这就是我的过去，这就是我。我对你说：最好你还是别爱我，我不是你想象的那种纯洁的姑娘。你十分惊慌地看着我："你讨厌我吗？""不。"我说。我开始感到，虽然有一些地方你优越于我，可你看上去却像在跟一位公主说话。在我的人生经历中，这可是头一次。我虽然长得漂亮，但是，一个乡下姑娘光凭美丽就使人爱慕，这又不是一件好事。可是你却不是因为我的美貌，而是想迷恋于来自我身上的某些东西，你企图向我解释这一切，却没有恰当的话语。你先是说我美，然后说那不是最主要的东西。你语无伦次，幸好你的意思被你的眼睛全部写出来了，你结结巴巴地说着：理解一个人不一定要和这个人同一阶层。你说文化不是人们相爱的唯一条件。当你这么说的时候你的脸色开始发白，你知道你搞砸了，你并不是要强调我的出身，而是强调一种超然的狂热，我于是相信了你，我的心情开始愉悦。我说我知道，有些人的相知不是靠着经验或者其他什么来决定的，有些人天生相通。你对我的话连声附和，你说是的，我天生就知道你是这样。

自你离开，十年之中，你一定明白，我也遇到过许多其他的人，也有过恋爱的机会。我并不是一味地怀着偏见去躲避，我知道你希望我过什么样的生活。我得老实地说，我希望在他人身上找到某种我需要的东西，我确信的东西，能够给生活带来正面积极影响的东西。我遇到很多不同的人，他们有各种各样的表白。有人对我说，我喜欢孩子，以此来表达他不介意我带着个孩子；也有人说，我觉得你特别伟大。首先我不认为自己在失去你之后生下我们的孩子然后养育他算什么伟大，其次，爱情跟伟大有什么关系呢？实不相瞒，没有一个人能够让我达到相当的情景，没有一句表白能够到达我要的意境。十年来，我再没有那样的好运气，遇到一个像你一样的人，不过，这既是遗憾，也是意料之中的事，清风既不见，明月同样不见。其实所谓爱情，并不是因为想好了怎样爱才决定爱，而是因为爱情来了，它击中了我们，我们会情不自禁被之左右，为了说服自己和对方，我们去找各种理由，假装那是爱的理由，而爱情的原意早已从我们的眼神、我们的肌肤、我们的手指，甚至我们的头发上全部泄露出来，在那之后，一切都是次要的，相爱者心手相连，无所阻挡。

喝完咖啡准备付账时，出现了戏剧性的一幕。你打开皮夹，发现里面空空如也，原来你今天准备把前几天存进去的钱取出来，结果由于激动或慌张，反而把手上仅剩的几百块钱又存了进去。

那天，我请客。

然后，你把我送到哥哥家的楼下。当我跟你说了“再见”时，你仍然不动，你先是说："明天我还钱给你。"我一听觉得真糟，要是她们看到你把喝咖啡的五十块钱放到我的柜台上，然后既不说存也不说取时，她们会如何地审问我？

"不用。"我说。

"那么，我还能去找你吗？"

你瞧瞧，你多傻，居然这么问，于是我说："为什么要去找我呢？"

"不能？"你的眼睛马上睁大了，脸颊马上红起来，神情由腼腆变成了严肃，"不可以找你了？"

我于是轻轻地笑了："为什么不打电话呢？"

我看见你站在那里，于是转身离开。我在跑开的时候想象你颀长而单薄的身影站在寒冷的冬天里的情景。从那以后，每天我路过楼下的时候，不管下不下雪，不管有没有风，我都不觉得冷，我能感觉到你站在那里，用炽烈的目光帮我驱赶寒冷。

你后来告诉我，你被一道霞光击中了，你从来没有见过我的笑，你说我的笑容是那般晶莹透亮。只有你会用"晶莹透亮"来形容我十多年之后重新绽现的笑容。你站在我的楼下有一个钟头之久，可是我没有发现，因为我不能从五楼看到楼下，事实上我不敢看。

我长到二十二岁第一次跟男孩子约会，我脸色绯红，怕暴露心迹，一进门就躲进房间。那时我的哥哥还没有调到上海工作，即使我那样不露声色，也已经引起了他的怀疑。他过来敲我的门，他问我：今天晚上进修学校不是没有课吗？

我不肯打开房门，隔着房门用显示自己没有做亏心事似的声音理直气壮地回答他：我就不能去看电影吗？

事实上我的手脚和神情已经泄露了我的秘密。哥哥喜忧参半地离开我的房门。

他喜的是，我能够主动跟生活接触了；他忧的是，我这样一个古怪的女孩子会有男孩子喜欢吗？如果对方发现我是个不会笑的姑娘，是个有着怪癖行为的姑娘，那么他还会喜欢我吗？

我在椅子上坐下来，神魂飘荡了很久，一切感觉如此新鲜，有点超乎想象。我坐着，环顾四周，身子不动，心却在翩翩起舞，笑意悄悄地涌上了我的脸，最后我连衣服都没有脱，小心翼翼地躺到枕头上，仿佛生怕把回忆惊扰了似的。

第二天你又约了我。你这回准备得很充分，准备了满满一钱包的钱。你重新带我去喝咖啡，将昨天的失误补回来。我依然跟你谈我的童年、我对城市的厌恶、我的怪癖以及我对自己都无从把握的那种无助感。你听后没有过多的诧异，你说："是的。"

我奇怪地问你："是什么？"

你说："你就应该是个有伤痛的姑娘，否则我就帮不到你了。"

你然后带我去看电影。那天我们看的是《流星雨》，讲的是一个被母亲抛弃的孩子的故事。我的视线没有离开屏幕，我的眼泪也源源不断。而你并没有看电影，你只知道那是一个感人的故事，因为你太专注于我了，以致你忽略了电影的内容。你一直不停地往我的手里塞纸巾。你头天晚上看到了我的笑，紧接着又见到了我的眼泪，你后来仍然说：你是个水晶一样透亮的姑娘，你是那么楚楚动人。你第二天去一个音像店专门租了这个带子，自己拿回家看，看完后你才知道头一天看的是什么电影，你心爱的姑娘为何而流泪。

你比我哥哥想象的坚强得多。他发现了我们的事后，找到你，和你谈话。我不知道你们交流的内容，但我知道你们交流的结果。“我将不再让她哭。”你，二十五岁的男孩子，向我的哥哥夸下了海口。你不是夸大其词的人，你学识渊博，修养有素，尽管你才二十五岁，可是已经拿到了宁大的硕士学位。你以为你一定能做到，你决定用所有的能力让我笑，让我远离哭泣。

那以后我们创造了多少快乐啊。回家的巷口有个盛着冉冉地冒着热气的茶叶蛋的煤球炉，卖茶叶蛋的胖阿婆常常离开自己的摊位四处闲逛。有一天，我们悄悄把阿婆的煤球炉关掉，我们想象她回来时会发现火炉已熄，该是多么生气啊。不多久，我们跑回去想弥补恶作剧的错误，可是胖阿婆早就以沧桑阅尽的老年人的眼光看穿了我们的把戏，炉灶仍然热气腾腾。一天之中，肯定有许多孩子像我们一样，觊觎她的茶叶蛋吃，却只能在炉子上做点手脚。我们良心不安，只好一口气买了十只茶叶蛋，两个人都噎得说不出话来。

还记得那个骑在三轮车上的老人吗？我们经过的时候常常注视他，一如他常常注视着那个堆满玩具的橱窗。有一天，我们突发奇想，换了十元硬币，去玩一种投币游戏，赢得了一只小熊，我们送给他的时候，他惊慌失措，落荒而逃。

我们还喜欢骑着自行车到郊外的空地里飞奔，遇到上坡的时候，你拽住我的手，不准我从后座上下来，你说这点重量算什么啊。我记得风被带动起来，掀起我们的衣衫，带来多么微小却灌满我们心房的喜悦。

你这个驱散阴霾的魔术师，你带着我穿越大街小巷，清晨和黄昏，带我见识领略新的生活，崭新的未来。

岁月向前，时光已逝。我拎着给儿子新买的衣服坐上回家的公共汽车。公共汽车穿越过铺天盖地的迷雾，许多人戴着口罩，一如十年之前。我闭上眼睛，再一次感觉到了你，在我的心上。你静静地站着，那目光、那神情朦胧不清，你与这一切保持一定的距离，让我难以接近，然而你从未曾离去。你始终不渝，一如初次见面。

黑咖啡

事实上，从母亲死后我就不太会笑了，而正式开始哭泣却是在城市的街头听到父亲死讯的那一刻。

我哥哥打电话让我去宁城时，我不无担忧地对父亲说："我走了，你怎么办？你的眼睛又不好。"

父亲把头一仰，半瞎的眼睛瞪了我一眼，"我在这儿活了五十多年，难道不认得回家的路？不认得到菜园子的路？不认得去看你妈的路？"

我临行之时，父亲又借着酒劲跟邻居们炫耀："下次，他们肯定就是回来接我去享福。"父亲对进城享福其实不感兴趣，他这么说纯粹是为了吊起别人的胃口。他的眼睛看得不太清，所以要竖起耳朵去听乡亲们发出的表示赞叹或者嫉妒的"啧啧"声。丢下眼睛快瞎的父亲，到城里去享福——享福是从父亲的口气里听出来的，我感到很羞愧。姐姐和哥哥离开家之后，我就主动承担了照顾父亲的责任。因此我没有考高中，我的学习成绩始终上不去，从来没有考过一百分，从来没有得到过老师的表扬，从小到大老师对我的评语无一例外称我是“性格孤僻，不合群”。我去上中专其实也是十分勉强，有点自费生的意思，这一点让父亲非常忧伤。但是我知道，这其实是我自己的事——不，是我自己不曾意识到的决定。我之所以藐视学业，主要是出于对父亲的不舍，我知道，如果有一天我也像哥哥姐姐一样离开的话，那么父亲就太孤单了。父亲显然看出了我的心思，他说，在他眼里，男女是平等的，儿子能进城过好日子，女儿也应该进城。并且他说，事实上他从不孤单，他和这里的土地是老相好了，还有母亲的尸骨在日夜守护着他。为了减轻他的忧郁，我同意离开故乡到宁城去。

我刚来那会儿，哥哥家没有买公寓房，他住在嫂子的娘家，那在一条又深又窄的小巷。那些房子非常低矮，弄堂和巷口都像上了年纪的老人的口腔，四壁灰暗，还散发着一种淡淡的怪味，越往里走，越没有光亮，路灯是摆设，从早到晚都像是黄昏来临。走到里面有一个院墙，虽然院墙上开了窗户，但上面的玻璃却碎了好几块，就像落了牙的老牙床。透过窗户，看到的是灰色的建筑或瓦砾遍布的工地。还有一些臭水沟，散发着驱散不了的臭味。一家七八口挤在低矮的二十平方米里，同时享受着厨房的菜香、衣服的霉味、孩子的屎尿味，还有男女大小不同的汗臭味。另外，我还有额外享受来自小巷深处的优越感，过滤掉了希望的优越感。那优越感来自没有鸡啼狗吠的生活，那是一种关起门来生活的地方，他们说这样可以保护隐私和自由，事实上关起门来又促生了另一份不自由。

我本来以为这就是城市生活，待久了就明白过来，小巷里住着的仅仅是城市的一个阶层，这里有早年退休的纺织厂工人，下岗在家的四十岁出头的妇女，念完职高没有心思找工作的工人的染发儿女。拥挤着的人心，不会因为一堵墙，就能够变得开阔，相反，这里的阶层格外分明，墙里墙外，就是不同的人生，不同的命运。想象着别人趋之若鹜的地方就是这等模样时，我不禁心生厌意，我觉得城市不过是乡下的变异，受到破坏的并不仅仅是我的家乡。

这种认识正是我不幸的再开始。在别人看来城市有蓬勃的生机、充沛的活力、多元的文化以及一切美好的东西，我却先看到了它的另一面。最关键的是，我不是怀着成功的美梦来到这里的，我是怀着逃避的欲望而来。

哥哥及时表白：我一定会搬离这个地方的，不让你受委屈。他是个说到做到的男人，不久，遇到一个下海的机会，他马上放弃了四平八稳的机关工作，跳槽到一家大型民营公司，接着有了自己的房子，把全家和我带离了那个地方。尽管他只有不到一米七的身高以及农民儿子黝黑的皮肤，但是这没有影响他在公司受到重用。一开始，他只是普通的推销员，后来他深得老板赏识，老板把整个上海市场交给他经营，那一年他才二十七岁。

时间慢慢过去，我能看到城市的经济正待起飞，互联网如火如荼地发展着，开放的风气，五花八门的发财途径……这些可远远不同于我生活的小乡村。

我也以为我能够接受这个地方了。相比乡下的粗糙和单调，城市干净、美丽，色彩丰富得多。可是，我没能够凭着个人的意志完成对它的亲近。我最终发现，城市到处都是水泥柏油路，到处都是钢筋混凝土的天下，没有树，没有水，没有花。臭气还是有的，它被用水泥柏油遮盖了。到了晚上到处会灯火通明，可是通明的背后就是无尽的黑暗。我在黑夜中神志清醒，我知道了我的小鸟和兔子之所以一只只消失的原因了，我还知道为什么我的母亲会被那有毒的水杀戮了。我因此而恨着这些表里不一的地方和人。

我进城两个多月后，刚在一个单位谋得一个位置，还没有正式成为一个城里人时，就听到来自故乡的消息：我父亲因为酗酒过度而跌进了那个我经常去浸泡自己的小池塘。据邻居讲，小女儿一离开，他算给自己找到了开怀畅饮的理由。他先是一个人喝酒，喝过酒后便到山上的坟地里看母亲，结果摔倒在淤泥和杂质淤积的小池塘里窒息而亡。多年之后，我才明白过来，父亲不是死于意外。父亲失去了妻子，赶走了儿女，离不开土地却又找不到活下去的理由，因此选择那样的方式了结了自己。不是所有人都会用语言和嚎叫表达愤怒和绝望，有时候是麻醉，有时候在黑夜漫行，有时候便是静静地离去。而当时我还不能理解父亲，光是愧疚就把我击倒了。得到那个消息的傍晚，有一列火车正从身后呼啸而过，火车发出尖锐的鸣叫，让事实更加确凿。在我成年后的记忆里，城市里火车的鸣叫声伴着的就是父亲死去的消息，很久以后我仍然会在火车的鸣叫中产生错觉，以为我的父亲又死了。至此，水的柔情和水的恶毒混淆在一起，成了难以区分的噩梦。我们回去时，村里人已经把他洗干净了，可是躺在那里一动不动的父亲，还是让我产生了一种错觉——他死于和母亲一样的方式。母亲的肚子里是发了黑的肠子，而留在父亲鼻腔里、脖子上的大片大片的淤泥也是黑乎乎的，所以我跪在父亲身边哭泣的时候，常常思维混乱，有时喊“妈”，有时喊“爸”，把十多年前欠妈妈的眼泪都还了回去。下葬的时候，我们为父亲的坟地选址犯了难。他的两位妻子都躺在山上，我们想在她们的身边找到一个合适的位置。那个坟地原先是一块荒地，可是我们转来转去，发现两位母亲之间的空隙不足以再埋下一个父亲，哪怕是和她们靠近的地方也没有了位置，因为这几年死的人实在太多，空间自然就越来越少，虽然这地方种庄稼因为地势太高而无法存活，可是埋葬死人却是不在话下。我们找不到姐姐，所以她没能在第一时间赶回来。后来有一天，我们用电话通知了她，以为她会为自己不在现场而愧疚，但是她在电话里反而安慰我们说，他活着也是受罪，没什么好难过的。

最终人们帮父亲在离他妻子们很远的地方找到了一块地，草草下葬。因为父亲死的时候火葬制度已经有了，如果行动过缓的话，把干部们引来，他就要粉身碎骨了，到那时我父亲若想和他的妻子们相会恐怕只能以一缕轻烟的形式前往了。安葬完后，我们用眼睛测量了很久，怕下一次来会把他的和别人的坟混淆，因为根据以往的经验，那些年代过久的坟头就会不知不觉地塌陷，同时会不断地有新的邻居们加入，而他们也会像我们一样在夹缝里再寻找一个容尸之地，到时，也没有明显的标识，我怕我会上错坟。

这种状况使我产生了难言的悲哀。想象着活生生的人们一个个葬身黑土，每个人都逃不出这样的结局，我身上的皮肤会不由自主地收紧，无论在离坟地很近的老家，还是遥远热闹的城里。巨大的愧疚压抑着我，一直以来，父亲总是鼓动我们出去寻找生活的天堂，可是天堂没有找到，我却又失去了父亲。但是回想他一生的理想，却又觉得他是心满意足地离去的，因为他活着的最大理由就是让孩子们离开这个地方，如今，他还有什么留下来的必要呢？

从那以后，我不再开口说话，一直到我重新开口说话后，我才回到哥哥安排的信用社上班。

我在跟你约会的所有日子里，都会说到那些缠绕在我脑海里的点点滴滴，那确实不是什么明亮的时光，那是被乌云遮盖的时刻，是我的眼泪不断地涌现出来的理由。在你面前，我好像能够十分坦然地将它呈现出来，这使我比初进城时看上去轻松了许多。

随即我也渐渐地了解了你，我发现你既没有城市青年的放纵，也没有城市青年的时尚，你既不玩通宵游戏，也不在网上聊天。你在认识我之后才学会了中文打字，这主要是便于给我写信，其他时候你不怎么用得上它。你既不故弄玄虚，也不夸夸其谈，你这种个性的形成跟家庭的残缺不无关系。你一直作为母亲精神支柱的特殊身份使你从小就十分懂得体贴别人，你把自己的情绪很好地掩藏起来，一直努力做个好孩子。对于学业，尽管不是特别地喜欢，但是为了母亲，还是学得很卖力，但越是卖力，被期望的程度就越高。这一点跟我哥哥相当一致。你一直以来也都是别人学习的榜样，你的成绩、你的个性以及长相都一直受到别人的羡慕。你的路也走得极为顺当，从名牌大学毕业后就很顺利地进入宁城最好的软件开发公司就职，每天认认真真地工作，老老实实地上班。应该说，单位对你不薄，就你个人的前途来讲也是一片光明。

但那不是你的全部。

按照你母亲的期望，你应该在不久的将来出国深造，然后找一个同样是本科或者硕士学位的姑娘结婚。你知道你的生活是许多人羡慕不已的，你也很珍惜这种环境。你常常思考，以期从中发现乐趣，你常常为隐藏在内心的心灰意懒而负有深深的愧疚感，你认为那是不应有的。你母亲经常对你说：你是一个出类拔萃的人，你一定能出人头地。做一个平凡人的念头如果被母亲知道，她会比发现外星人还要震惊。“你不是一个平庸的人，应该有更高的作为。”母亲对你品德方面的要求也显然更大于其他方面的要求。“不要随便交往，交往了就要负责。”还好，你没有让她失望过。上大学时，你约会过一个女孩子，但是她没能够让你内心的不安消除。你不认为她有责任帮你消除这些感觉，所以和她继续来往，直到有一天，你再度和她走在街头却还忍不住东张西望时，你才知道，她不是你要的人。

“对这种生活我实在不抱幻想，就跟方程式一样，感到索然无味，我想，总有一天我要为我为之心动的东西而活！”

正是这样的念头使你喜欢蜷缩在自己的世界里。通常你一个人看书，一个人听音乐，一个人去跑步，一个人站在街头，独自观望，直到——遇到我。

以后的日子里，我的心就像湿透的鞋子，正在慢慢晾干，快乐的气息扑面而来，我们度过了紧紧相爱的一年多。自从你约会过我一次后，你就不再进入我信用社的大门了，因为那时你总是要接受我的同事们对你善意的打量和审视。你本来就是个内向的人，你后来把你最初半年的行为称之为“英雄主义”。英雄是超常规的，之后你就只有在信用社门外等我的勇气了。

接下来的故事并不新鲜，所有幸福的恋人的把戏我们都有过，牵手，拥抱，到黄昏里看夕阳，骑单车到乡下找野花儿，在同一时刻拨打对方的电话，让两个人的电话长时间处于繁忙状态。

从那以后，我的生活发生了显而易见的变化。每天早上醒来，第一时间会想到你，想到你带来的爱的气息在四周弥漫，那就是一天时光开始的理由；而每天晚上，闭上眼睛，想到第二天将能够和你四目相对，那就是迎接下一个清晨的理由。我仿佛能看到自己将来的生活，虽然遥远模糊，可是我能感觉到因你加入而与往日完全不同，这使我充满活力。是的，爱成了活下去的最大理由。我的心情奇异地放松下来，我可以无拘无束地侃侃而谈，你也会静静地听我说话，听得津津有味，不是什么大不了的内容，但是好像对你都有着非同寻常的意义一样。我有时会停下来，看你那副津津有味的样子，我问：“还要听？”

“当然。”你毫不含糊地说。

“真有兴趣？”

“当然。”

这以后的一年多，我被一种宁静而炽热的情感所笼罩。这个城市的每一个建筑物、每一个早晨、每一束阳光、每一个自然交替的季节，我都能感受到爱情的气息渗透其中。我常常不自觉地想，要是这种生活一直持续下去就好了。

为了证实自己的生活不是幻觉，我一再地问你：“为什么会是我呢？”

你通常会反问：“除了你还能是谁呢？”后来，你的答案不再让我满意，因为这个时候我会更加疑惑地看着你，仿佛没有足够的言语我就会对你失去信任一样。终于有一次，你给了我一个经过深思熟虑的答案：“你身上有安顿我灵魂的东西。和你在一起，我能感受到爱，也能感受到自己的力量。每次见到你，我都感到心颤，那种感觉非常难得。我不再感到孤寂和无助，我觉得有了生活的方向。”

似乎这些还是驱散不了我目光里的疑惑。你加上一句：“反正就要和你在一起，本能！”你加重了语气。

相识后的第二年，你确信时机成熟后就把我带进了家门。在那之前，你提到过你的母亲，但是你只提到她的坚强、博学，她的对事业的执著，她的不幸的婚姻以及你对她的敬重。但是你没有提到她的偏见，她对农村人根深蒂固的鄙视和恨意。那天晚上，我打扮得十分庄重随你进了门，我以为庄重和诚实是十分必要的。

但是我没有得到你母亲的好脸色。在见到她之前，我只知道她是某国营单位的财务主管，有心脏病，慈祥，高贵。我在跨进你家门的那一刻就认同了你的描述，正如你所言，虽然年逾五旬，她却依然端庄秀丽。她有着不可驳斥的威仪和风度，可是她的目光是那么的戒备和冰冷。她的目光和你的天壤之别，这种反差使我手足无措。我显然被那种冰凉的目光所吓倒，因此接下来的表现开始有些失常。

当她向我问话的时候，她不允许你代为开口。她让你到楼下去买一瓶酱油，然后让我坐在客厅的沙发上。我起身想做点儿什么，她却示意我坐下，让我好好看看你们的家。你们的家确实与众不同，虽然不大，但充满了书香气，红木家具、落地钟、黑色的皮革沙发，还有整柜整柜各种各样的书，客厅里摆放着一架钢琴，地上铺着巧克力色的地毯，一种城市特有的洁净优雅的氛围轻轻弥漫着。那种氛围压制了我，使我就像是刘姥姥进了大观园一样茫然无措。那才是真正的雅致和脱俗，那是我所感到陌生的世界。当我观赏的时候，她注意着我，一言不发，偶尔请我喝水。我对她的表情深感意外，我对自己给她的印象心里没有底，我在胡思乱想中渐渐变得自卑而忧郁。

她用沉默轻而易举地挫伤了我的自尊。

在饭桌上，她问到我的家庭，我老老实实告诉她："我是一个县郊的农民的孩子，母亲死于环境污染，父亲也不在了。还有一个姐姐，远嫁在北京。因为哥哥在本地工作，因此中专毕业后我来投奔哥哥，现在和兄嫂生活在一起。"

"那么你的户口呢?"

"户口倒是解决了，因为哥哥在城里买了房子，政策允许出一部分赞助款可以把我的户口迁来。”

“就是花钱买的啰?”她用不带感情的语调来问。

说到这里，我的眼睛只能看到自己的脚尖了。

随即，你的母亲迈着坚定的步伐进了厨房。然后她的身子在厨房的门上撞了一下，便消失在厨房里。我没敢跟进去，可是隔着墙依然能想象出她在厨房里的表情。我临走时在门口打招呼，她只哼了一声。

对这一切，你也深表惊讶，你被两个最爱的人之间的局面惊住了。你设想过很多种见面的方式，最有可能的是你母亲拉着我的手对我说：真是个百里挑一的姑娘，瞧，我的儿子多有眼光啊!

你刚送我到楼下手机就响了，你一看就挂了。我马上明白是她打的。

你果然没有送我，说了几句告别的话就返身上了楼。那一次让我记忆犹新，也让我感到绝望，我想你可能会因为你母亲不喜欢我而冷落我。我想起了许多传说中的故事，那些和显贵公子相爱的姑娘的处境。我因为耻辱而决定永远不再踏进你的家门。

我喜欢的只是你而已。我不知道你母亲的优越感和敌意从何而来，而你的态度又说明了什么?

那天晚上我徘徊了很久，想了很多才回家。我一进门，嫂子就告诉我，说你打了五六个电话找过我。

果然，不到一分钟，你的电话又来了。在电话里你讲了你母亲的故事，家庭的故事……

在你的叙述中，我仿佛看到了三十年前，一位高雅、痴情的城市姑娘如何顶着世俗的压力和家庭的决裂嫁给了来自穷乡僻壤的同班同学，因为没有得到祝福，干脆在学校一贫如洗的宿舍里喝交杯酒的情景。开头几年，他们过得清贫而快乐，你的父亲也乐于这份安定的家庭生活，随即，你的外公外婆默认了你母亲的选择，在外孙出生不到一年就把他们接进了高干楼。事情总是这样，坚持的一方总会赢得最后的胜利，你的母亲因此而洋洋得意。接下来，根据女儿的意思，你的外公将你的父亲带进了他们的社交圈，这样，你的父亲暗藏在内心的欲望得到了挖掘，这也正是你母亲的愿望，她一再地要求丈夫做出一番业绩，让父母刮目相看，以证明自己的选择是正确的。一开始，你父亲感到痛苦，他不想放弃自己的专业，他想做一个本本分分、快快乐乐的普通人，拿稳定的工资，天天拥着老婆散步。可是你母亲通过自己的独特感受，把当官的好处，把人必须向上的追求灌输到你父亲的脑子里。她用大量的事实来佐证自己的理论，甚至不惜牺牲谈情说爱的时间，一次次把你父亲往富丽堂皇的朋友家里带，让对比的生活质量刺激你父亲心底的男子汉的尊严。慢慢地，那个穷小子明白并接受了妻子的理论，他开始重塑目标，为了更大的野心，他学会了游走在政府要员之间。一开始，他常常无功而返，他感到痛苦，但是为了赢得妻子的夸奖和柔情，他硬着头皮戴上面具。到后来，他慢慢地上了路——事情总是这样，人的意志决定了他的方向。为此，他花费了大量的时间和精力，几乎不照顾家庭和孩子。等他真的掌握了为官的技巧，一步步接近目标时，你的母亲却因为遭到冷落而倍感委屈，她希望丈夫的步子放慢一点儿，多给她一点儿爱，可是她的委屈没有换来丈夫的幡然悔悟，他反而感到了极大的厌倦。做妻子的永远想不明白，自己这么十全十美的一个女人，为他做了那么大的牺牲，他居然在得到后如此不珍惜！事实上当这种完美以及牺牲成为了女人的武器和手段的时候，男人就不能从这些东西中感到满足或快乐，特别是像那样一个已经对政治产生了浓厚兴趣的男人，更不会在这些微不足道的玩意儿面前改变立场。

让他们产生分歧的最重要因素还是对你的教育方式。你母亲的愿望是把你打扮得像个王子似的，她的眼珠子一分钟都不离开你的身影，但是你父亲却反对她对你娇生惯养。你母亲给你穿上名牌，你父亲却带着你到楼下的水沟里逮小蚯蚓；你母亲让你每天吃牛奶面包，你父亲专门赏你玉米棒子吃；你母亲准备把你送到贵族幼儿园，你父亲却主张放到隔壁的民办幼儿园；你母亲发现你脚上有一点儿泥就不停地擦，你父亲却总是自己光着脚丫子作为孩子的榜样。你母亲说："没有孩子还不知道你的缺点这么多。"你父亲说："你不也是？你哪里爱过全部的我！"

这以后，你父亲还是动不动就拿自己的童年参照你的成长，你因为怕老鼠而得到母亲的加倍爱护，而这只能引来你父亲不满的目光。最终你还是按照母亲的塑造在一天天长大，这也是你父亲后来背叛家庭的根源。

尽管你母亲明白你父亲的心思已不在自己身上，可是总还安慰自己说，这是男人的本分，男子汉应该以事业为重。你母亲的骄傲使她失去了在第一时间发现你父亲秘密的机会。

这样一来，你父亲就更加无所顾及了。

“父亲”成了单纯的名词之后，你母亲总是把你带在身边，给予你更多的疼爱作为补偿。她手把手教你读书，给你讲故事，为你的学业和生活做各种各样的打算。她的日子过得孤寂，于是把支离破碎的幻想全都寄托在孩子身上，她梦想儿子健康成长，长成气度不凡、人品高贵、有着远大前程的男人，这一度成了她的人生目标，甚至是活下去的理由。因为看到母亲的眼泪和愁容太多了，你过早地学会了服从。你的服从不是缺少个性的表现，而是一种牺牲精神的体现，你仿佛有责任让她笑出来一样，你为此而不懈地努力，终于有了今天的成就——虽然这些还算不上什么，但是你母亲总算放心了，她认为自己成功地摆脱了你父亲身上的那种农民的劣根性。但是你内心的东西，始终没有让母亲知道，你其实特别喜欢玩泥巴的游戏，你热衷于辨认各种各样的花花草草，你的性子里有许多狂放的东西，只是你会在别处发挥出来。你在学校里篮球、排球、足球样样喜欢，郊游、游泳等各项活动你都十分在行，尤其是到了初中，母亲基本上就摸不透你了。

你父亲的野心越来越大，对家庭的热情越来越淡，直至全无。你母亲不得不任由他的自由无限扩大，他们的内心逐渐分道扬镳：表面上还是夫妻，事实上形同陌路。他每天回来仅仅是一种形式，你母亲也觉得索然无味，因此坐下来等待，等待丈夫有一天乞哀告怜，等待爱火在功成名就之时重新点燃。等待使她日渐憔悴。相反，你的父亲却放开了手脚，做得轰轰烈烈。他的春风得意在你母亲的苦苦煎熬中达到了高峰，他频频在报纸、电视上亮相，他开始发福，职位和称呼经常发生变化。不久传来他和自己的女秘书暗中来往的丑闻，可是这些丑闻传得越多，他的职位就越高，他回家的次数就越来越少。当你的父亲在一次出差时发生车祸去世后，你母亲参加他的葬礼时才发现自己为之幸福、痛苦了多年的丈夫竟然早已对她丧失了爱情，她的人生观受到了严重的挫伤，从此一蹶不振，把自己完全封闭起来。到这时你的母亲既不能无动于衷也不能重新开始了，她此时已经将近四十岁，她因为自己专业的才干而早早受到重用，但是这不能让她更加轻松。生活中的恨、抱怨、痛苦是如此揪心地组合在一起，成了她的噩梦。她把丈夫的背叛理解成得势的小人之举，乡下人的忘恩负义。一直支撑她继续生活的重新开始的理想都随着你父亲的死而粉碎，相当长的时间里，她无所依靠，不能开怀。

你一直没有告诉你母亲我的身世，也没有告诉我她的经历，你希望她见到我后一切偏见自动化解，你没有想到我第一次登门拜访就会涉及出身这个敏感的问题。我所具备的天然的气质在此时恰是你母亲的怨恨和恐惧。她当年也是那样深刻地迷恋你父亲身上的纯朴气息，她当场要求你和我断绝往来。

“这就是我母亲的不幸。”你接下来说，“你能理解她吗?”

“怎么不能?我能。”此时我已经深为感动，我看到了一个被爱情抛弃的女人，一个被误解浸泡的女人，我马上信誓旦旦地表示，我一定会让她老人家收回成见，我一定会像爱自己的母亲那样爱她，而在这之前，我刚发誓不再走进那个书香扑鼻的家了呢!

“她有心脏病，所以我不能过于激烈地表达自己的意思，这个你能理解吗?"

"能的，我能!"

我的工作你是做通了，可是你自己接下来却遭到了母亲更大的压力，"郅诚，这件事你得听妈的。"

"妈，方容是个好女孩，我不会放弃她的。"

"那么，你就放弃我吧。"你母亲的声音已经因为激动颤抖起来了。

你赶紧闭了嘴，你的目光接触到你母亲那固执的目光马上逃开，因为你觉得那目光就好似一堵墙。这双眼睛你注视了许多年，依赖了许多年，信任了许多年，从来没有想过有朝一日它会变成爱情的杀手。都什么年代了，长辈对子女婚姻的干涉居然出现在他这个知识分子的城市家庭里。

可是你母亲依然不依不饶，"我并不是看不起农村孩子，可是现在有明显的证据说明他们不值得信任。当初你爸爸就是两手空空来追求我的，我也没有嫌弃他，结果我错了。人活在世上，一定要向上看。你是一个名牌大学的研究生，出生在这样一个有教养的家庭，你有责任提高自己家庭的社会地位，而现在你居然要娶一个中专生，这不是自甘堕落吗？再说了，你现在不就是因为她那点与众不同的新鲜感吗？到时新鲜感过了，你们还能有共同语言吗？将来你要是出国了，她的水平能够到国外立足吗？你就不会讲什么爱情不爱情了，到时你会从一个研究员变成一个为衣食而忧的小市民。"

你静静地听着母亲的话，多年来形成的服从、爱戴的习惯使你没有勇气反驳。的确，家里的朋友无一不是具有文化品位的人。母亲有一句话：朋友不在多，有品味则行。所以母亲平时宁愿孤独地生活，也不愿从楼上下来和自己的邻居们打打招呼。母亲虽然并不见老，气质颇佳。可是自从她对爱情失去了幻想之后，就不在自己的头发、皮肤和衣着上有什么讲究了，一年到头总是那么几件样式过时但洗得干干净净的衣服，任何人都能一眼看出她的身份，而这也不知不觉地拉开了她和普通人之间的距离，于是她把所有的希望都寄托在了儿子身上。到后来，也有一些人上门表示愿意与她结为连理，当时你还小，在你读书上学的费用上母亲也时常会感到棘手，可是那些有能力帮助你完成学业的人，她则嫌人家学问低，而真正学问高的来求婚的，有的经济上甚至比你们还要拮据。有一次她确实看中了一位大学教授，他们是在一次交流会上认识的，对方在会上侃侃而谈的才气吸引了她，她偶然了解到对方也是独身，而且收入颇丰，很是惊喜了一番，也准备放下架子主动与之联络感情，于是她主动到他任教的学校找他。可是她每次碰到他时，都发现他身边有各种年轻的女学生在听他讲解学问，那些女孩子单纯、年轻而充满崇拜的面孔使她一下子丧失了信心，预知了不可能性。果然，她事后得知，像他这样一个说老不老、才华当道、举止优雅、收入可观的男子，岂会把目光对准她这样的半老徐娘？

于是她一天天耽误下来了，死了心，开始把希望继续放在唯一的儿子身上。

“你怎么可以这样藐视你的母亲？”你正在胡思乱想，母亲像惊雷一样的声音响起。

“没有，妈妈。”你小声地辩解。

“那你为什么不回答我的话？你说你什么时候和她断掉？”

“不可能，妈妈。”你声音虽小，却异常果断坚定。这是你第一次撕毁自己二十多年来为了母亲的意愿而维护的形象。这一背叛使你的母亲一下子难以适应。她大为惊骇，拒绝再和你对话。

很快，你母亲采取了行动。年底，她一位老朋友的女儿从美国回来，她马上进行了联络和沟通并将你隆重地介绍给了她。那天晚上，你母亲打了个电话给你，告诉你她不太舒服，希望你早点儿回去，你那天本来准备陪我去看电影，但接到母亲的电话后就回了家。你一进门，就看到那位姑娘和母亲谈得正热，你以为她是母亲的学生，也没在意，客气地说了一会儿话。晚上，那姑娘在你家吃了饭，吃饭后，还和你对近年来的经济趋势作了探讨和交流。客观地说，当时你确实觉得这女孩子很优秀，如果不是后来知道母亲有这样的打算的话，你也不会反感她。姑娘走后，你母亲得意地把姑娘的身份和家底都告诉了你。

“什么叫门当户对？这就叫门当户对！就算她的父亲不是教授，她自己的学历和谈吐也可以与你相提并论。”

你没有反驳母亲的话。第二天，当这个姑娘又来造访时，你脑袋一拍，“哎呀，我的钱包丢在单位了，一定要去取，否则给同事拿去不会还的。”

下了楼，你就跑来找我，带我去看了电影《哈利·波特》。我本来是要上课的，几乎是被你强行拉进电影院的。好在电影还好看，所以我那天的情绪非常好。看完电影，你带着我在路上溜达也不愿回家。

你当晚回家，你母亲已经黑着脸等你了，“你只要理智地睁眼比较一下，就知道你和她之间的差距，不仅是家庭出身、文化修养，更是世界观和人生观的差距。醒醒吧，激情之后，你只能得到无穷无尽的无奈。”

你母亲如此决绝坚定地预言着你的感情和生活，多年之后，亲爱的，我想到她的话，如果我有选择的机会，我多么渴望她能看到另外的结果：我们相爱，或者我们不相爱。可是命运是如此的乖张，它既没有给我们机会证明她是对的，也没给机会证明她是错的，更残酷的是，它也没有给她机会证明自己的对与错。一切可能被剥夺，只有我以我的回忆仍然对此记忆犹新。

当时你不为所动，“妈，世上不会有相同的命运。我们会幸福。”

这是我所知道的一点点你和你母亲争执的细节。在这之后，你们母子的关系就每况愈下。在这个问题上我们的看法是如此不同，我认为她在拿她的伤疤的痛感来处罚下一代，她抱怨乡下人再一次侵犯了她安宁幸福的家庭。她为你设计了辉煌的前程，为了说服你，她往事重提，把你已经入土的父亲再一次拿出来，这时候，你惊异地发现这个父亲远远变了样。为了让他和我有相似之处，她竭力夸大其词，形容你父亲当时也是那么腼腆而内向；你父亲的父亲死于三年自然灾害，而我的母亲死于有毒的水；你父亲初次走到你外公跟前时也像我那天晚上的表现一样……可是这回，你显得那么固执倔强。母亲没有让你改变主意，于是她跟许多焦灼不安的母亲一样，采取了另一种方式——趁你到上海出差时，打电话约我在一家咖啡馆里见面。她用不容置疑的口气报出了时间和地点，没有留出让我说“不”的机会。

我到达的时候，她已经选择了双人座的有利位置。她笔直地坐在那里，神情严肃，因为角度的关系，她眼部的阴影被放大了，看上去像一座雕像，她想用如此深不可测的姿态来考验我的自信心。

我果然很发虚。我坐在那里，一时之间失去了应有的心态。随即她问：“你真的爱我的儿子吗？”她的口气刻意而温和，好像在问学生一道题目的答案。也就是说，她的温和里藏着威严。

我说：“是的。”

她说：“那么你希望他好了？”

我说：“当然。”

我当时就想，如果你看到我那么被动地接受她的审讯，你会不会站出来保护我呢？

她说：“那么在成功人士和普通人之间，你希望他成为什么人？”

我知道她要给我下套了，我说：“只要他幸福，做什么人我不在乎。”

她说：“我知道你在撒谎。”

我说：“为什么？”

她说：“如果你认为做成功人士和普通人没有区别，那么你为什么要到城里来?”

我说:“那是因为我们那里有有毒的水,许多人因此而生病,我的母亲就是因为这个死去的。”

她说那就对了啊!她因为得到了需要的答案而显得亢奋起来:“你进城最初是因为不想被有毒的水伤到,不是吗?后来你希望得到一份好工作不是吗?再后来你希望嫁一个好男人不是吗?你最好能得到城里人都有的荣华富贵,不是吗?当然,那也是对的,人往高处走,这是做人的基本理论,所以,你应该是希望我儿子成功的,是不是?如果你爱他的话。”

我说我爱他,此时我已经要哭出来了。我坐在那里,声音已经在抖动,我觉得我是一个赤裸着身体的死尸,正在接受医生的解剖研究。

她没有给我咽一口唾液的时间,接着说:“可是你想一想,如果他跟你结了婚,他得到的也许是一段爱情,也许是一种灾难。”

我说:“伯母,为什么是灾难?我不懂。”

她说:“你当然不懂,我可以教你懂。”她的高傲真让人感到寒冷啊!

她接着说:“你是乡下进城的中专生,当然,我没有看到你的文凭,我是听你说的而已。”她把“说”字咬得很重,“我儿子呢,是有着硕士学位的技术骨干,按照我对他的安排,他可能在明年到美国或者其他国家接受教育,你觉得你有能力帮他的事业更上一层楼吗?”

我没有回答她。

“你们的成长环境截然不同，生活方式也不一样，你看，就连穿着的品位都不一样，因此很难说能互相理解。将来等你们的热情冷却下来了，你们冷静下来后，一切矛盾都会涌现出来。因为你不能和他一起进步，只能待在这里等他。如果他回来娶你，你就会嫁给他；如果他发展得好，不回来的话，到时候你就十分被动了，所以我认为你还是趁早离开他的好，不是吗？”

“就算他出国，他也不会抛弃我的。”

“好吧，”这一回，她同意得很干脆，“我假定我儿子很痴情，不会抛弃你，可是你有没有想到，到了那时，你和他的差距就更大了。男人是有野心的，可能他因为儿女情长放弃了在社会中的竞争，但你能保证若干年后他不后悔，后悔时不迁怒于你吗？好吧，我仍然假定他不后悔，甘愿搂着漂亮的妻子过普通人的生活，可是到那时，你会忍受他的平庸吗？你能忍受男人平庸吗？如果你能忍受男人的平庸，那你为什么会爱上我的儿子而不是你们村子里的伙伴，或者商场里的男营业员？”

“伯母，爱是一种缘分，不是这样推算的。”

“我认为你们根本就不懂什么是爱，什么是值得爱的人！”

我想使尽全身的力气回答她的话，可是咽喉中传来了溺水者似的窒息的感觉。

呆子，你知道吗，脆弱和躲避已经是我一贯的个性了，面对如此庞大的理论，我坐不住了，我想起身离开时才发现我的手脚都不听使唤了。

你的母亲最后说：“你不会幸福的。”

我最后的话是："伯母，为什么不试试看呢?"

"你输得起吗？没有谁的人生可以重来，不及时收手，会输掉全部。"

她的目光比手术刀更犀利，一直深入到我的灵魂深处。

那杯冒着热气的黑咖啡自始至终目睹着我的落花流水。

这就是我后来一直不肯与你一起喝咖啡的原因，我一看到黑咖啡就会想起自己处在绝望中无法挣脱出来的那个下午。

花　儿

你母亲买单的那杯黑咖啡使我记忆犹新。与她的那次长谈，我从未向你提及，可是，第二天傍晚，你等在信用社门口，我看到了那双酷似母亲的眼睛，我仔细地打量，那里面只有柔情，它们如此清澈，如此无辜。你回望我的时候，看到了我眼神里的黯然，你问我："你有心事？"

"没有。"我低下头。

"你有。"

"没有。"话虽如此，种种委屈却慢慢涌上心头，但我努力克制住了。我紧紧握住你的手，握住属于我的信心和未来。你果然有所回应，你搂住我，陪着我慢慢往回走。那天，你跟我说了不少笑话——大多数时候，你就是这样化解我心底的忧郁的，直到我露出笑脸。

你和我情投意合——这是一个十分土气的词。你并不是那种切实讲规矩、懂方圆的人，对很多方面的看法，你和我这个有怪癖甚至有缺陷的人如出一辙。比如美，你不认为美是修饰出来的，你欣赏的就是头发披下来的那种线条的流淌的美；你钟爱的颜色和我一样，也是白色；你喜欢一切干净和纯朴的东西；还有对世界的看法，对于战争的看法，甚至小到对一首诗歌的喜好。

我不得不承认，这种心心相印的感觉确实少见。什么是爱情呢？每个人心里都有一个爱情的范本。十年光阴之后，我的看法一如当初：爱情就是一旦认定，不容更改。透过爱情，我看到另一个自己；因为爱情，命运摇摆，活着仍是值得的。

在你母亲看来的不合道理固然是有的，但是你我体验到的却是不同寻常的亲切和温馨。我的脸虽是一副清高气象，真正的生活却是寒碜的。没有上过大学，也没有见过什么世面，我为了能够接近你，报了进修班的课程，天天晚上去上课。我遇到不懂的地方总是不敢问你，有时宁愿等哥哥从上海回来。你可能察觉到了这一点，经常来翻看我的书本，然后装着冥思苦想的样子解答起来，仿佛自然而然，兴之所至，接下来会询问我："我说的可有道理？"我笑而不答，心里却感激你的善解人意。你对于我学习的支持及自尊的维护使我愈发坦然。

有一次，你谈到了你的父亲："我对父亲的印象就是小时候他经常带我到郊区的河里去捉螃蟹，我印象最深的是父亲总是叫我不要忘本。这些活动我非常喜欢，母亲却没有一点儿参与的兴致。在家里父亲也喜欢打赤膊，光脊梁，只有上班或正式场合才会穿上西装打上领带。一到家，父亲就喜欢把母亲精心选购的质地精良的衣服扔在一边，赤膊着，放开手脚自由地穿梭，每到这时，母亲就会用不满的眼神注视着他；相反，只要父亲穿上西装，打上领带出门的那一刻，准会得到母亲含情脉脉的吻。父亲不明白，为什么母亲只喜欢那个浑身不自在的他。他们背景相差太多。父亲喜欢接济乡亲，为乡亲办事哪怕违背原则也肯，这一点母亲当然不能理解，也不允许。其实父亲后来拼命工作，就是因为回到家里，他处处受到指责。母亲以为爱一个人就可以按自己的要求来塑造他，事实上，这是最危险的。所以，父亲的错在于他娶了母亲，不在于他后来的不忠。我能思考时我就在想，如果我爱上一个女孩子，我就要爱她的全部，不要求她的改变，如果不能接受她，就远远地离开她。"

这恐怕就是你坚持不懈地徘徊在信用社门口的原因吧。

父亲死时你已经是个十三岁的初中生了，其实你比母亲更早地知道父亲在外的不忠行为。几年前，有一次，你父亲利用休假，开着车带你到乡下去看奶奶，同去的还有一位阿姨。那位阿姨长相普通，个子不高，也没有什么气质，年纪也不比你母亲小。就在那辆车上，你父亲对你提出了一个要求："奶奶如果问你这个阿姨是谁，你就说是妈妈，怎么样？"

"为什么？"那时你已经懂事了，对母亲的感情使你十分反感父亲这么说。

"因为你奶奶至今没有见过你妈，她很想见见儿媳妇，你妈又不肯来，所以我请这个阿姨冒充一下，算是对奶奶的孝敬。"

在你长到七八岁时，你母亲从来没有去过乡下，一开始是条件不成熟，后来就是主观抗拒了，而奶奶因为腿脚不便，也没有进过城。基于父亲说得合情合理，你同意了。

虽然你在奶奶家的两天里并没有开口叫过一声那位阿姨，但是你们三个人同进共出的举动已经让老太太想当然了。她高兴地拿出了自己的玉镯（据说是叶家祖传的宝贝），郑重地把它交给了那位阿姨。最让你痛苦的是，晚上，爸爸居然和那个阿姨睡在一张床上，而你和奶奶睡。

爸爸显然是忽略了这个儿子的感受，殊不知，你在乡下的两个晚上都是睁着眼睛到黎明的。你痛苦地思念母亲，也痛苦地怨恨这个伟岸的父亲。

那位阿姨做了你父亲十来年的秘书，直到他死。

在你父亲的追悼会上，你见到了那位阿姨。那时，你母亲挂着泪花对来宾还礼，而那个阿姨则以“丧事委员会”的成员身份在那儿忙来忙去，直到你父亲快进入焚化炉的一刻才晕倒在地。也就是在那一天，父亲的丑闻被母亲了解，事实上，你已经提前知道五年了。

即使是哭泣，母亲也极有风度。她穿着黑色的丧服，可是白皙的皮肤仍然使她韵味十足、光彩照人，她楚楚可怜地拭泪，就连悲伤也那么高贵；倒是那位阿姨，一开始还披着局外人的外衣，到后来突然晕倒在地，醒来后就开始呼天抢地，恨不得飞进焚化炉，把父亲昔日装出来的清白都毁于一旦。她用全身的力量来哭父亲，你在那时才真正原谅了她，也明白了父亲的所作所为，他需要的就是能够这样为他哭泣的妻子。

“我明白，父亲走上仕途，纯粹是因为母亲，可是父亲为母亲做了许多违背本性的事后就不再爱她了。他的官做得越大，对妻子的爱也就越少。他之所以不离婚，就是想把官做到母亲要求的位置上。可是我知道，他心底里希望过的就是一种平平常常的生活，他需要的就是这样披头散发地为他哭泣的女人吧！”

这些故事让我十分震惊。掩藏在生活背后的真相原来如此辛酸，我们的背景由此被忽略得干干净净。或者说，正是由于这些特殊的背景使我们走到了一起，如果没有父母不幸福的婚姻，没有受到父亲的影响，没有农村的血统，我也就不可能成为你所要爱着的那个姑娘。或者说，我们就不会擦出爱情的火花。

同事们发现了我的个性变化：有些开朗，又有些温柔，却更加持重。过去我对什么都心不在焉，现在却懂得了好奇，对绣花的伞、商场打折、某某明星的演唱会，我都略知一二。他们有时就说方容变俗了，但是接下来他们又说：“爱情本就是俗套的一种！我们的脱俗也不过是封冻的一种，不见得有多少值得保留的意义。”这算是对我新生活的鼓励。

不管怎么样，我变得活泼，话多起来。同事们经常大着嗓子跟我开玩笑，“爱情的力量无孔不入，无坚不摧啊！”他们回忆我以前的模样，学着我沉思默想的模样。连我也感到惊讶，一切都远离我而去，只有爱情弥漫。

哥哥也放心下来，曾经他担心我可能因为缺乏交流而无法在社会中立足，担心我一无所有，孤单寂寞。哥哥和你见面的时候，坦率地说明了这一点。他说他想尽办法让我开心起来，结果都没有成功，他怕我误入歧途。他说我不仅长相酷似父亲，性格也像，生气或者受了委屈时就会说不出来话。他指着桌子上的一只花瓶说：“她像那只花瓶儿，特别脆弱，易碎。”

你听到这些后腼腆地笑了。你说你不认为我的个性有什么不妥，反而非常之好。

哥哥还回忆起我七八岁时的样子，母亲死后，我就几乎不开口说话了，而且我特别喜欢下水，有好几次，都差不多快淹死了才被他拉上岸。“经过许多年才有所恢复，可是由于父亲的死，她第二次变得脆弱了。”他说，“父亲死时，她差不多有半年基本不说话。”

你一如既往地对待我，甚至超过了我的期望，这完全符合我那天性的需要，就这样我便成了你手中的孩子。对我来说，你也变成了一个代表：代表城市生活，代表对将来的幻想，代表新的感觉，代表强大的和安全的。

我开始意识到你的情感，你的难以言喻的男人的味道。我也能感觉到，其实你在呵护这份情感时所投入的精力，远远不止我感受到的那么多。

你担心我的健康，你说我如此薄弱，怕我不堪忍受一切波折。你还担心你母亲的偏见，尽管你有时也表示无能为力，但是你却有一个决定：如果母亲会对我进行精神折磨的话，你就考虑带我到别的地方去生活，郊区或者离开宁城、到广城，上海或者北京，直到她接受为止！

你最担心的就是我与社会之间的那条沟，那条很明显的沟。每当我情绪低落的时候，你就会说：一切都过去了，一切都已经重新开始了。

你知道我眷恋大自然，于是经常带我到乡下的田野里去玩耍。你到处寻找和我童年时所在的环境接近的地方，希望大自然的芬芳能够抚平我内心的创伤。可大多数时候是徒劳无功的，因为农村或者说大自然离我们越来越远了。我们最初去一趟乡下只花半个小时的时间，后来我们要花一个小时，我们看到大片大片的农田都被征收了，没几个月，准能冲起摩天大楼。我们漫无边际地游玩时偶然发现了一处自然风景，那是一个几近原始的小山头，面积并不大，它耸立在农田当中，由于地势过高，所以山上没有种植什么可以吃的植物，只有一些野生的小草、蔷薇花以及一些许多年前种下的老树，在那样的地方有着你和我都喜欢的寂静，能听到鸟的叫声。在那里有真实的泥土的芬芳，城市的喧嚣好像离得非常之远，唯一遗憾的是火车常常途经此地，每每我们想得意忘形之时，它总会爆发出尖锐刺耳的叫声来。尽管如此，我们还是能一起唱着歌哈哈大笑，不时用脚去踢路边的土块，不时躺下来仰望蓝天白云。

从那以后，我们隔三岔五地去那儿。经过那条落满松针和广玉兰的小路，在山顶上，风在那儿吹着，在蓝天上吹着，山顶豁然开朗。我还记得我们谈话时的气氛，是那么单纯，那么宁静。有时我们讨论蚂蚁的生活，除我俩之外没有人会对此感兴趣；有时我们谈论战争，谈论成年人的生活。我们谈到父母，我在这里知道你其实和我一样，被变化着的感情夺去了平静的生活。我们自己也编故事，看见什么就编什么。

最有意思的一次是有年夏天的一个晚上，我们聊着聊着就聊到了天黑，正愁回去的路一片黑暗，月光却照亮了一切，照亮了山坡上的花草，照亮了山下小河两岸的田野，无边无际，直至那视野的尽头。夜晚跟白天、跟黄昏的景致决不一样，最重要的是，夜间的声音绝妙无比，那就是乡村家犬的吠叫声。它们神秘地吠叫，此起彼伏，互相呼应，传达出一种别样的温情。

认识你第二年的夏天，在我父亲的忌日，我带你去了我家乡。在那里，我见到了姐姐的母亲、我的母亲以及父亲的一共三座坟墓，说是坟墓，其实只是一堆堆积成小土包的黑土。一年不见，坟墓的密度又大大增加了，黑土堆一年比一年多，高高低低，密密麻麻。热心肠的邻居们为我们作免费的讲解：这边躺的是吴大爷，因为儿子不孝而活活气死，当然，临死之前也常嚷肚子痛，所以说他死于儿女的不孝也不太确切；左边的是孙大娘，对，就是那个和男人们一起到矿上去打临时工的女强人，她在劳动了一天回来后一睡不起，所以她被称作村上最有福的人，“死时毫无痛苦，这不是人人都能享受到的福气”……现在，这儿真的没有插脚的地方了，不经过确认，我都不敢贸然相认了。面对父母亲，我的感觉变得木木的，时隔多年，我觉得他们已经非常苍白和遥远，我甚至想不起来他们的模样了。

天黑后，我们下了山，可是在这个村上，除了那所旧年的老屋之外别无其他的居所，老屋因为长年失修，早已破落了。那天晚上，我们走了一个小时的山路来到了镇上的一家小旅馆，我们被人理所当然地安排在一个单间。这家旅馆比我们想象的要干净，价钱也很便宜。那天晚上，住店的人非常少，周围没有声音，山风阵阵，树影萧瑟，留给我们的空间很大。房间里不仅有床，有小小的卫生间，还有黑白电视机，你说：这儿怎么这么好？

老板娘做了解释：一到过年过节，在外打工的人们都要回乡来，有些人家早已全部外出，老宅子不能住人，但思乡之情不容缓和，所以晚上住到镇上来，白天到乡下去打牌搓麻将，回忆往事，喝酒。那叫思乡病。

这其实是个意外的事，在故乡的小旅馆里，我们把模糊的渴望化成了现实，在这之前，你对我只有模糊的幻想，那件大衣可以作证。那件乳白色的风衣挂在橱窗里，它吸引了你的视线。那时候你对我的身体还很陌生，虽然你以为你很了解，可那只是你的幻想很了解，事实上你只拥抱过我两次，所以当你看到这件白色大衣的时候，你决定立即买下它。

当服务员问你女朋友的身高体重时，你说："跟你们一般高。"

于是她们说："哦，那么她胖吗？"

"不，"你说，"她很苗条。"

"哦！"她们说，"那么肯定是小号了。"

"小号？"你马上表示反对，因为那件小号衣服从模特儿身上剥下来后，你看到模特儿骨瘦如柴，很是不屑，你说，"她不是那么瘦小的，来中号吧！"

结果我穿到身上后胸前空空荡荡，宛如风中的芦苇。你不明白我为什么如此之瘦，你说我在你怀里时是那样的饱满，像水一样圆润。

那年我九十二斤。

完美圆润的只是我的形象，而非我的身体。就是在那天晚上，距离我们认识一年之后，在我的故乡，你不仅了解了我的童年，我的小池塘，拜望了我的父母，你还真正了解了我。起先，你坐在沙发上看电视，我去洗澡。我洗完澡就坐在你旁边的那只沙发上，我看你的脸慢慢涨红，我看到你走向我，起先想温暖一下我，你觉得我应该冻着了，你总是在回家的路上伸出你的大手给我。你每次都不会猜错，我递给你的始终是彻骨的冰凉。可是那天晚上，你奇怪我手心的热度比你的高，你忘记那是因为水的缘故。你因为发现你比我冷而不好意思，于是把胸膛也递过来，可是你发现我的胸口比你的更温暖，你于是深深地陷进这种柔软里。你开始抚摸我洁净光柔的皮肤，你把我搂在怀里。那是我们第一次一起度过毫无保留的夜晚。在柔和的灯光下，你看着我，看我的忧郁，也激起我的欲望和幻想。你说：容，你真漂亮，超过了所有的想象。说完后你走到门口，把关好的门再紧一紧，我知道你有心思了。乡下的门锁不是双保险，你端去一张沙发，移到门口抵住门，我不知道该做什么。一个新的地方，窗下放着花盆，花盆里是我们乡下常见的吊兰。你在缓缓升起的欲望中，轻轻把我抱住。我顺从地退在床上，在一个新的地方，升腾起一种属于我们之间新的体验和感觉。就是在那天晚上，我们彼此感觉到了对方的身体，我才知道你有更值得爱的理由。你是那么温柔，是那种真正的温柔，你让我感到一种发自内心深处，不，来自于比内心深处更深的快乐。在那样起伏着的时候，我才知道你是那么的勇敢。我感受到你对我深深的渴望，那种渴望不比海水深吗？我们心里知道，我们是初次的水手，可是我们驾驭得那样得心应手，像是训练有素。在那样起伏的时候，我们的爱情和欲望紧密配合，爱到极致只有紧密团结这条路可走。到这时我才知道相互彻底的拥有是一个多么值得高兴的时刻。你是那么大胆，那么勇猛，又是那么体贴入微，我们一阵阵落入深谷，又升上昏暗的顶峰。我们无言地爱着，爱得那样毫无保留。我深深地体味到生活原来是如此充满张力……

我从你真实的冲撞中得到了前所未有的安全感。从那时起，我毫无保留地开始敞开我的所有……

“我本来不是想这样的。”你好像有隐隐的愧疚，似乎你所做过的一切都是罪孽，你以为我真的只是花瓶儿一样摆在心坎儿上就可以了的，但是从来没有想到我们的身体和欲望是如此吻合。你在这巨大的快乐面前如醉如痴，语无伦次。

我明白你的意思。我在决定爱的时候，并不清楚那具体意味着什么，也不清楚那将把自己具体引向何方，我只是侧耳静静地倾听，我们就像两个不小心跑到糖果店的孩子，为意外的甜而产生了巨大的惶惑。

“就是这样的。”这一回，轮到我来安慰你，我老练地用枕头盖住床单上的那抹红。

你再低低地问：“确定吗？”声音里还是胆怯。

我说：“确定！”

随即我们紧紧相拥，好似相依为命。我们的心灵相通，是一种永远不可替代的和谐。对于我而言，你就是我全然不同的将来，覆盖我的痛苦往昔。

那一晚，爱情彻夜未眠，它坚守着自己的岗位，给予我们强大的美丽。伤感、疼痛的时代，惧怕的感觉统统远离了我。

从故乡回到宁城后，我的心情就奇异地放松下来，我们常常到郊区的小山坡上去玩，我们一致喜欢躲避车声隆隆的喧哗。

我们走在风里，不知道为什么，周围的一切，房子、路、小草都可以忽略，只有你成了我伟岸的依靠。“这会使你觉得更加不安吗?”我告诉了你我的感受，然后问你。

“不会。”你看着我。

“可能你被依赖惯了。”

你想了想，然后回答我：“有时，被依赖是一种责任，纵使累，也不会推诿。”顿一顿，你接着说，“可是你不一样，你是我自己寻来的，我自己想要的。”

“你确定?”

“我确定!”

“容，”你忽然紧紧握了一下我的手，“有你非常好。”

所以，那一年的情人节，你手捧着九十九朵玫瑰向我求婚。

那不是从花店买来的玫瑰，那是直接从田野里采来的玫瑰。这些玫瑰并不整齐，它们各种颜色都有，有的还有针尖大的刺，可是那真正来自于自然的香气使我陶醉了，我陶醉于花儿的芳香，陶醉于花儿所带来的幸福感。

亲爱的，你是否记得你临行前的那个晚上，哦，不，我们相爱的所有的晚上都值得回味，但是现在我要感谢的就是你把种子植入我心灵深处的那个晚上，那个晚上是你最后一次赤裸着心向我表白的夜晚。在这之前的一个星期，你接到了单位的通知书，让你三月份到广城参加技术培训，时间是从三月中旬开始到六月中旬结束。这意味着你在专业上会有更大的突破。

因为即将到来的离别，所以你为我们的关系更进一步而有所行动了。那日下午四点，你早早来到信用社门口，九十九朵鲜艳夺目的鲜花把前来存款、取款、路过的行人的目光统统吸引过来了。我不知就里，也和同事们一样把头探出去想看个究竟，只见各色玫瑰的花丛中有一张通红的脸。呆子，你真是呆子啊！以前我总是抱怨你太呆，一点儿都不浪漫时，你曾经问过我："怎么样才浪漫啊?""送花啊！跪地求婚啊！我知道你才不敢呢，你啊，就是一个彻头彻尾的呆子呢!"

就是这个彻头彻尾的呆子那天居然干出了如此惊人的事情。浪漫和庸俗有时只有咫尺之遥，我闹了一个大红脸，赶紧阻止你，"快走啊，下班时间再来啊!""不，我就要等到五点半。""你再不走，这儿就成动物园了。""可是我的婚还没求呢!""呆子，我答应了，我答应了！现在你快走。"于是你把满捧沉甸甸的野生玫瑰送到我的手上，然后气宇轩昂地离开。我从来不知道九十九朵玫瑰居然这么沉，当然我不知道那是九十九朵，抱到信用社里，同事们和我一起数，我们数了五六遍，也没有多出一枝来。就是那天，我们决定七月份结婚，你的计划是：先在外面租一套房子，然后去注册登记，办妥后再把结婚的消息告诉母亲，让她接受。

可是我不同意，我希望得到她的祝福，尽管很难，可是我不希望你们母子因为我而反目成仇。我想，还有三四个月的时间，也许时间可以帮助我们说服她。我多么希望得到她的祝福啊，希望我的诚意能得到她的回应。

那天晚上，在商店里，你看中了一只价值六千多元的钻戒，准备把它买下来，可是我阻止了你，“呆子，你过两天到广城进修，到时上网不太方便，买一个笔记本吧。”

“那不行，我得买钻戒。”

“钻戒结婚时再买嘛。如果光打电话也不太方便，电话费太贵。买一个手提电脑，我们就可以天天上网聊天了，想说多少话就说多少话。”

“没有手提电脑也没什么大不了的！”你说。

“还没到结婚的时候，没有钻戒也没有什么大不了的！”最终我做了主。

临行前的那个晚上，我为你准备行装。我们跑到超市，买了好几条毛巾、牙刷，是质地最好、价格最贵的那种。我为你准备了更换的内衣、拖鞋、各种用于笔记的笔。因为是初春，商场里还有羽绒服卖，我看着好看，准备也买一件给你，你就在边上哈哈大笑，“傻瓜，广城没有冬天。”

广城没有冬天？这是很普通的常识，可是我仍然不放心：万一天气凉了下来，万一冷空气在广城上空停留了一两个小时，你就会生病的。

你把我手上的衣服放回原处，然后将我搂在怀中。当时那种完美的平静、爱意和安心的感觉我至今仍然难以忘怀。

吃过晚饭后我们久久地待在自己的房间里，起先你看着我，仿佛要将我看进肉里，然后你抱着我，抱着我似乎也不能让你离别的愁绪减缓一些，然后你深深地进入了我，我们之间所有的渴望，我们之间所有的吸引从未有如此淋漓尽致的展现。我们就像两只翩翩起舞的蝴蝶，相拥而舞，深情而唱，唱尽我们之间灵肉的相融……那天晚上的时光也跟随我们轻轻摇摆，把我们的相爱印成永恒……

就在那天晚上，我们有了自己的孩子。

这其实不能算是个意外，这是上帝对你我的怜悯。

这是你给我的最神妙的礼物，那真正属于你独有的延续。

现在我能够穿上你送的这件洁白的羊绒大衣了，在温柔的大衣里，我饱满而生动，我记得我们相爱的时候我不过九十二斤。九十二斤，这曾经是我的体重。

当初我让你退掉大衣时你不同意，你说，你要让我胖起来。是的，你做到了，后来我穿着这件肥大的大衣，把他——你的孩子裹在里面，把冷风、冷雨以及一切污染和惊吓都拒之门外。这件大衣是如此安全地保护着我们，宛如你宽大的胸怀。

除了头天晚上帮你买的东西之外，第二天一大早，我还准备了几双新袜子，以免你走进课堂时大家闻到你的脚汗味。是的，自从我们相爱之后，我就知道你干净的原因了——你每次来存取款之前都会洗一个澡，你把踏进信用社大门当成参加决定命运考试的考场大门！我还给你带了三块香皂，准备你一个月用一块，用完之后就及时回来。除此之外，家里的一把削苹果的刀子也给了你，怕你因为没有刀子而不吃水果或者在陌生的城市遭遇到入室强劫而没有防身的家伙。可是当我把这些东西都往你的包里塞的时候，我在你旅行包的里层看到了几乎同样的东西。“是妈妈准备的。”你说，“我很少离家这么久，所以她准备了这些。”

就在这个时候，这个对我充满误解和敌意的女人被我原谅了。我还在旅行包里看到了两个小相框，头一个是你拿到硕士学位后和母亲的合影，我看到了你们幸福而矜持的笑；另外一个就是我们在连云港海边的合影，我们双双站在高速行驶的游船上，敞开双臂的身上溅满了浪花，我们笑得前仰后合，是从心底发出来的笑。我看见你把爱情和亲情装进同一个旅行包之后，那旅行包已经胀得有些变形，可是你却全然不顾，生怕漏掉一件东西。

时光沉淀，每当我闭上眼睛却还能记得你站在月台上的样子：你穿着深灰色的崭新西装，提着两个旅行包的手不停地挥动着，微微昂起头，一再地回头看我，毫不掩饰地一往情深。

车子开始缓缓滑动，我看到你把头伸出窗外，一动不动在望着我，你举起手，像是道别，又像是拉我上车一样。一瞬间，我的内心涌起酸辣的绝望感，我闭上眼睛，一会儿再度睁开时，你已不见。列车将你带走了，不见踪影。

一下火车，你就找到公用电话打给我，我离别的痛苦在听到你的声音后开始缓和。你站在广城街头向我形容广城的情景，你用夸张的语气说：“三月的广城春光明媚，天空湛蓝，阳光耀得人睁不开眼，街上的杨柳、地上的草皮都发了芽，不知名的紫色花儿也都朵朵绽放……”

你抒情完后，接下来又对它批评了一通，“这是个特别嘈杂的城市，人太多了，建筑物很高大，可是并没有我想象的那么崭新漂亮啊！”你像个孩子一样接着形容。

“可是你只不过站在火车站边上，并没有到达市中心呢！”我自作聪明地提醒你。

“是吗？”你装着恍然大悟的样子说，“哦，是这样啊，我再走十分钟后再给你打电话。”

事实上你的硬币用完了。不到十分钟，第二个电话又到了：“容，你知道我刚下火车就看到三十多个外国人了，你想一想，这说明什么。”

“我不知道说明什么？”

“傻瓜，说明广城非常安全啊！”

然后你开始观察，并把观察到的内容如实汇报给我：“我发现广城人真的很有特点，男孩子都很瘦小，女孩子也不高，而且眼睛凹进去，他们……”

“别说了，你不怕他们听见了找你麻烦啊？”

“可是我不得不说啊。”

“为什么？”

“那样你就放心了啊！”

“我有不放心吗？”

“还有啊，刚才我一下火车，别人就发给我许多机票打折啊、旅馆便宜的卡和宣传单，现在我的手上已经拿不下了。”

“为什么给你啊?”

“都是因为你啊!”

“我怎么啦?”

“你让我穿西装，打领带，就凭这一点，他们一眼就看出我是外地人!”

“那他们穿什么呢?”

“他们穿 T 恤，穿牛仔裤，轻松随意。”

“那你明天再去买吧!”

“那是当然，买了新衣服我就拍张照片给你!”

伤离别

在广城，头几天，你除了认真学习之外，就是把从宁城带去的衣服统统收起来，然后按照在街上所看到的男孩子们的穿着开始着装。你买了一张 IP 电话卡，每天从学校回到宿舍后就给我打电话。十年的时间，谁知道呢，现在，公共汽车上，人人捧着一支手机在玩，联络无时无处不在，可是十年前，手机费用还是个大数目，世上也没有微博和微信这些东西。地球没有这么小，速度没有这么快，天空自然比今天的蓝一些，而我偶尔还能看到流星，我许下的愿望都与幸福有关。

接下来，你跑到广城的天和体育场和奥林匹克体育场转了两圈。“很多赛事都停止了。”你打电话给我说，“我在街上还看到人人戴口罩，好像这里曾经流行过一种类似于流感之类的病，但是戴口罩的人都把鼻子露在外面，就像是戴给别人看的一样。”随即，你乘坐了广城的地铁，把整个有地铁的地方都遛了一圈，并且拍成了相片很快寄了回来。照片好像是在广城一个类似河堤的地方拍的，在你身后就是著名的穿市而过的环江。照片中，你端坐于堤岸的护河栏杆上，虽然是晚上，但金碧辉煌的灯火还是让我感受到了广城的繁华。虽是春天，可是照片上的你却是一副盛夏的装扮，你身穿粗斜纹短袖T恤，下边是一条白色的长裤，脸上是一副故作严肃的样子，但开心的笑容还是从嘴角张扬出来，反倒立刻呈现出一脸的憨态。我拿着照片久久地看你，我那么如醉如痴地看你：这就是你，你对生活充满好奇，你对任何地方或者人都不存在什么偏见或者歧视，善良而天真；虽然在自己的专业方面颇有见地，可是在生活中，你几乎是一个单纯的大男孩。同时寄过来的还有一封信，也是你到广城后写的第一封信，其中字句至今我还历历在目：

容：现在我在一扇朝北的窗户下给你写信。晚上的宿舍很寂静，一个人一个房间，不仅可以上网，看电视，还有热水供应，只是学员都是单位的在职人员，比起大学生都矜持了不少。到现在我还没交到什么朋友，加上宿舍又是单人的，不过这样也好，我可以放心地给你写信。我还是喜欢我们宁城的三月，因为三月的广城老是让我对季节的感觉模糊不清。我给你和妈妈都买了几件衣服，以我的眼光，你们都会喜欢。

我的兴趣和你一样，每天也给你写信。我在信中向你打听"类似于流感之类的传染病"，我说朋友们听说你去了广城，都吃惊地张大嘴巴，他们好心的夸张的表情多多少少也影响了我的心情，所以我想知道那边到底发生了什么。我说："可是你要保重，不许出门，不许东游西逛，不许看电影，不许到人多的地方去，更不许跟陌生的女孩子搭讪。”“遵命，大人。”你在电话里、网上一点儿都不呆，口齿伶俐，毫不迟疑。

三月二十九日，我再次去拜访了你的母亲，这是我第三次面对她的冷若冰霜。虽然跨进那道门槛对我来说需要太大的勇气，但是为了安慰孤单在外的你，我硬着头皮进去了。果然，你母亲打开门，冷冷地打量着我这位不速之客。

就是那一天，你母亲告诉我，她给你两个选择：如果选择我，你就不要给她打电话；如果她接到你的电话，就一定要听到我们分手的消息。

“伯母，你这不是为难郅诚吗?”

“他需要时间考虑，你也需要。”

老太太的态度极大地伤害了我的自尊，我沉默良久，然后压低声音说：“伯母，我们俩都爱他，却为什不能和睦相处呢?”

“我当然爱他，可你的爱就有待商榷了!”

“伯母，你不能一朝被蛇咬，十年怕井绳啊!”

“怎么，连我们的家事他都告诉你了？这样我就更不能接受你了。你们这些人最会落井下石，以后这不就是你嘲笑我的把柄吗?”

看着老太太气得发白的脸，我觉得实在不想再说了，放下手中的水果，“嚯”的一声返身就朝门口走去，头也不回地下了楼。我走了十多分钟，仿佛感觉到老太太那冷丝丝的目光还在嘲讽地盯着我，我沮丧地回到了家。

就在那天晚上，我开始怀疑我是否真的有足够的魅力让你从你母亲的巨大影响中彻底摆脱出来，我所面临的困境让我感到悲伤。

那天晚上，我破天荒没有给你回信，可是我一直开着自己的邮箱，希望听到你一如既往的表白声，可是一直等到夜里十一点，邮箱里也没有你的只言片语。难道你真的听从了你母亲的意思，冷落我，然后重新决定？

如果是这样的话，说明你对我的感情根本就不牢靠，我又何必再主动找你呢？到时候，你会以为我真像你妈妈说的那样一味地纠缠你！

正是这些没有根据的想法使我怯于面对了，我觉得我应该保持一些尊严。但到了第二天中午，我又吃不下饭了，我发现自己在渐渐破碎，需要你来使我重新凝聚。我被自己的想象击倒了，我觉得做啥都没劲了。我非常想你，是那种马上要见到的想念。四月的太阳在窗外焦躁起来，我走过沿街的围墙，走过空荡荡的操场，走过浓密的树叶间和正在长大的花丛，在所有我经过的地方，都有你走过的踪影。我想分手可能是个笑话，它是如此不真实。

但是当天晚上我仍然没有接到你的电话，也没有收到邮件，我开始感到不安了。我开始胡思乱想，我想象你与我一分开就发现不值得为我而伤害你母亲，我想象你在广城邂逅了另一位天仙般的姑娘。夜晚来临的时候，我又陷入了迷惘之中。第二天一整天，我更加心神不定了。接下来是周末，同事们在胡侃第二天的节目和安排。有个男孩子想去爬山，他形容某个景点是怎么样的山清水秀，想以此来多争取一些同盟；也有人想去购物，他们谈到“非典”所带来的恐慌，说有一天要是大家都怕什么“非典”而不去买衣服，那衣服肯定就会大减价。她们对此充满着期待，还有的人一副忧心忡忡的样子，说要留在家里看伊拉克的命运。

他们无论说什么我都会想起你，说到山，我就会想到我们在山顶上遥遥相望的样子；说到衣服，我就会想起你给我买的那件质地优良的羊绒大衣；说到伊拉克，我自然会想到你留在我信箱里的字。

我的心因此像被尖锐的利器撞击了似的痛。我想给你打个电话，但是我忍住了，我想如果我的心因你而痛，而你却并非如此，那么我还是不让你知道的好。我甚至悲愤地想，让你自由地考虑吧！

我最终和同事去了一家叫“破碎的心”的迪斯科广场。那是一个热闹的地方，我在舞池里摇摆了一会儿，然后坐在那里看奇形怪状的舞者，刺耳的音乐声震荡着我的耳膜。我照常想起了你，我不由自主地想起了你，想象你站在信用社门口那执迷不悟的目光，想象你打翻桌上那杯咖啡的情形，想象你搂抱我时朝我倾巢出动的热情……

我一事无成。身在人群，却与世隔绝。是的，一切都被打破了，我的爱情、我的希望、我生活的力量，一句话，我生命的进程，所有存在的意义都显得虚弱无比。白天我为储户服务时却总在他们身上发现你的踪影，我努力提醒自己，不去想他！不去想他！我对自己说，我要保持尊严。即使放弃爱情也应该讲究尊严，如果你动摇了，我就应该为了尊严而放弃！可是另一方面，我又不由自主地想起你陪我在山坡上玩耍的情景，那里多么宁静，多么质朴，多么真实啊！现在为什么我要一个人跑到这儿感受这种暧昧呢？在迪厅里我感到了从未有过的孤独，我发现我的自我消失了，自己仅仅是一具摆动着的肉体。这样的地方它根本不可能水解相思的煎熬，它做不到忘却，只会让人更加失落。

到了星期一重新上班的时候，和同事们聊到那天晚上跳舞的情景，我开始扭曲想象，我说那个地方真不错，可以很好地放松，美女也很多，她们很漂亮，气氛也很活跃。我们谈到那些穿着吊带衣的姑娘，我赞叹她们不怕冷，仿佛我非常赞赏那些时髦的玩意儿一样。那天中午，我兴致很不错地吃了饭。在吃饭时我尽量说话，然后让错觉通知我你已经消逝在空气中了，我不再那么强烈地思念你了。但是不一会儿我就觉得自己有点可笑，有点可怜，我内心的伤口愈来愈大了。

下班时外面下着很大的雨。自行车是不能骑了，并没有直接回家的公交车，我突然有了一种任性的冲动，于是慢慢地走进了雨中，淋着雨回到了家。到了家，嫂子倍感意外，她放下手里的活，拿出毛巾来帮我擦干，给我干净的衣服。我有点想流泪的感觉，她的手温暖极了，她不像一位嫂子，倒像母亲。

我到家的时候神情恍惚，在楼梯口碰到了张亮。我想起你第一次遇到他的情景。那晚，你在楼下等我的时候，来了一个男人，他走到你跟前对你说：你在等方容吗？你能保证好好对她吗？

他刚把话说完，我就从楼上下来了。他迅速地离开了，迈着两条短而结实的腿，我对他的胡言乱语感到好笑。你这样形容说话的这个男人：目光炯炯有神，走起路来很有力度。话虽如此，你又认为他一定是个喜欢开玩笑的陌生人，用他以为幽默的方式。

你并不知道，在你之前，张亮作为我哥哥的邻居，认识我比你更早一些。我忽略着他，但是他没有忽略过我。从我住进哥哥家的那一天起，他就从窗户里看着我，用类似你的目光看我，而我，对他从来都是敬而远之。这是个让人情绪复杂的人，他原来是一个电子厂的技术员，因为和厂领导关系不好，便自己到人才市场应聘当了一个药品推销员，做药品推销员不到一年就买了楼下的这个两居室。他对我的殷勤没有得到一丝一毫的回报。我对他了解甚少，只知道他交际很广，一说出话来就露出商人的气息。开始他三天两头到我家来，却始终不知道自己为什么得不到这女孩子的垂青。都市性质的爱本来就是蜻蜓点水，也许在他看来，追求爱情本来就如他的推销原则：一旦发现哪个管事的对产品不感兴趣，任他做再多的工作也是白费，不如换个对象再攻关，总能找到畅通的渠道。我想他就是这样一个人，不值一提。

今天，当他与我正要擦肩而过的时候，他却再一次冒昧地开口说话："你心情不好吗？"我回头看他，好半天才反应过来，我说是的。

"我却相反。"他声音嘹亮，情绪激动。

"为什么？"

"因为传染病啊！"

"什么传染病？"

“你不知道吗?”他做出不可思议的表情，“广城那边发现了一种传染病。听说有一个喜欢吃野味的男人有一天到山上逮住一只猴子，活吃了猴脑，结果晚上回去就发高烧，烧到四十度，他的家人把他送到医院，结果在医院没看好，家里人和帮他看病的医生也统统发起了烧，吃什么药都不退。不仅如此，凡是发烧的人都嗓子发炎，肿胀起来，咳嗽不停，呼吸困难，甚至不能吃饭，不能喝水。”他绘声绘色地说着。

他的手机仿佛在验证他的话的可信度似的接连不断地响起来。他接通手机说的最多的一句话就是“货到了再说”，然后就“啪”一声关了手机，接着说:“这不，现在每天向我要消炎药的就有上百个电话，原先那些不爱搭理我的人也一口一个张总，叫得我心烦。可是我哪里有那么多货供给他们?我现在连班也不敢上啊!”

“他们要那么多的货做什么?”

“当然是备用啊!那病特别容易感染，风一刮，假如有发高烧的人走在大街上，呼一口气到你脸上，你就被感染了。而且更可怕的是这种病无特效药可治，一旦被传染，就是死路一条。”

“这是什么时候的事啊?那吃猴脑的人现在在哪里?没有人管吗?”

“两个月前开始的吧。那个人在广城啊，就是在那儿发现的，传染性特别强，现在整个省差不多都有了，接下来肯定其他省也会有，你就等着瞧吧!”

“你不是说这病药没什么用吗?”

“哎呀，死马当活马医呗!广告上不是说‘总有一款适合你’

吗？所以凡是消炎药多买点儿，多吃点儿总不坏。”

“真的没有办法对付?”

“我也不知道啊。这种人不是才吃猴脑没多久吗？专家们肯定在研究，若找到了治这种病的药，到那时，我的这些普通药就不太好卖了。”

“那么，有人在判断它，有人在研究它，有人在对付它吗?”

“也许有吧。当然有啦，只是可能还没有想出好办法来吧！不过也好，我能多赚一点儿，这总不是坏事吧!”我的心情变得更加紧张了。张亮走后，我有点傻傻地站在楼下，心里好像有事，再一想，又好像感觉木木的，没有什么需要面对。我摇摇头，希望一切都是自己的想象，我希望自己能从想象当中走出来，于是我约了两个朋友到街上去购物。

可是在选购衣服时，我老是走神。我突然预感到了什么，一种不祥的预感没有缘由地袭上心头，我顾不得什么自尊和生气了，拿起电话拨出了你的号码，可是手机里一直提示你的手机已关机，或者就是不在服务区。我把电话打到你的单位，单位并没有人知道你的情况。我再把电话打到培训中心，培训中心一位接电话的老师说学员不来听课的情况很多，只要到了考试的时候来考试就行了，平常学校不干涉他们的行程。

“那么能不能帮我查一下这个学生这几天有没有到学校来?”

“哎呀，这不是我们工作范围内的事啊!”

“拜托了，我是他的家属，我好几天联系不上他，请你一定帮帮忙。”我的担忧终于打动了这位老师，老师答应帮我查一下。过了几分钟，我把电话打过去，接电话的这位老师告诉我："叶郅诚的同学说，他好像这几天没有来，现在也不在。"

终于，我无法再控制自己的情绪，此刻我已经完全忘记了你母亲所说的话，我的心里充满了极端阴郁的预感。我不停地拨打着这个曾经一呼百应而此刻显得遥远无情的号码，但从中午一直到晚上，始终是关机。终于，在傍晚电话接通了。呆子，是你吗？呆子快接电话啊！手机铃声响了七八次后，那边传来了你的声音，这声音和我竟有隔世之感，我的心在听到一声"喂"后稍稍放了下来，可是接下来你声音的音质又将我带到了冰天雪地里，"容，是你吗？"你的嗓子明显嘶哑，声音像是从牙缝里挤出来似的，我的心瞬间沉到了海底世界。

"你怎么啦，呆子，出了什么事？告诉我，你怎么啦？"

"没有什么，我只是太忙了，没有时间给你打电话，没着急吧？"

"别撒谎了！"我几乎要哭出来了，"你到底出了什么事？"在我坚决的口气中，你说出了实情："容，这几天我好像有点感冒的样子，有点发烧，所以我到医院来检查。"

"你被传染了吗？"我的声音发颤，几乎使音节不能连贯。

"不，还在检查，还没有确定，你不要过于担心。因为现在我周围的人一感冒发烧就会说自己中招了，不过大多都是虚惊一场……"可是没等我问个仔细，你的电话就断了。在信号中断之前，我听得出电话里传来的声音中夹杂着粗重的喘息声。

那一天是四月四日，我放下电话，听到客厅里电视正在直播伊拉克战事，听到小侄子在向嫂子要肯德基吃。我的心开始往下坠，往下坠，我开始用颤抖的手再度拿起电话，可是电话里一直传来“你拨打的电话已关机”的声音。

你从来都没有让我有过一丝的不安全感，这次却像一支正在悠然播放的曲子，说断就断了，对那些正沉浸其中的人来说是何等的打击！此刻的我就像一个被母亲抱着行走的婴儿，突然母亲一撒手，婴儿猛然遭到水泥地面重重的一击，顿感天旋地转。整个晚上，我一直守在自己的电脑边，手里紧紧地握着手机，眼睛还眨也不眨地盯死电话机，苦苦等待。我觉得自己的身子越来越轻，我想到你的笑、你的温柔，这种温柔的感觉更加重了我的痛苦。我希望这是一场噩梦，我在等着自己从梦里醒来。

可我等了一次又一次，我确认了一次又一次，最终发现自己是醒着的。窗外的冷风突然袭来，我忍不住打了个冷战，仿佛一刹那间，所有伤痛的回忆排山倒海般回到脑海，我不禁失声痛哭，悲伤得不能自已。

爱人隐匿于世界一角，生死不明，没有比这事更让人无法忍受的了。有多少心醉神迷的依恋，就有多少歇斯底里的疯狂，它让楼宇不稳，它让恐惧驻留内心，它让面目模糊，人站在那里，仿佛一阵风，便可使我粉碎……

接下来我的神经开始麻木，感觉开始变得迟钝，内心被巨大的震惊和悲伤所压抑。

不，我要去找你，我不能把你一个人孤零零地丢在那里，我不能把你交给那种不知名的传染病。主意拿定后，我收拾行装，然后给单位领导的家里打了一个电话，告诉他我要出趟远门，不知道什么时候回来。

“你这样请假会被开除的！”主任睡眼惺忪地警告道。

“随便吧。”我平静地说。

我不能让你离开我，无论如何都不能，我要和你在一起，我不怕什么传染病，我相信爱情的力量能够战胜它。我把这些话发到了那支打了无数次都打不通的手机上。我在四月五日的凌晨三点出了门，没有惊动早已睡熟的嫂子和小侄子。恐惧离他们还很远，让他们安心地睡吧。我知道此刻不会有飞往广城的飞机，只有坐火车了。我打车到了火车站，然后买了一张凌晨四点的火车票。

就在检票人员开始检票时，我的手机响了。是你，呆子！是你打来的！我连忙按了手机通话键，可是当我想说“喂”时，我发现自己发不出声音。电话里传来的是你的声音：“容，你别来！容，这儿不安全！”

“不，我一定要去。”我不知道自己有没有发出声音。

“不，容，你来帮不了我，只会使我更担忧。”我听到你喘得很厉害。

“我要和你在一起。”

“容，答应我。我能挺住，我现在还没有确诊，但是已被隔离，就算是，也有治愈的可能性。再说，就算你来了，也不会见到我的。容，你帮不了我。还有，我的母亲身体不好，她有心脏病，一旦知道了会挺不住的。容，你得替我考虑！”

“这些就能让我们分离吗？我会失去你吗？”

“不，我们的心在一起。我答应你，每天发一个短信给你，向你报平安。容，医院有规定，我必须关掉手机，如果你打不通我的手机就是我在治疗或者在休息，所以你不要担心。”

“呆子……”电话已中断。

我泪流满面，失声痛哭。我看着上车的人们从我身边挤过去，突然感到无比寒冷。

我从火车站出来，没有回家，步行来到了信用社。此时天已大亮，主任看到我特别惊奇，“方容，我昨天晚上做了一个梦，梦见你打电话要休假，我还以为是真的呢！”

“我也做了个梦，梦见自己要休假。”我轻声地说。

这天，我在数钱时一连出了好几次错，幸亏薛大姐好心地帮我纠正过来。储户走后，她好心地问我出了什么事，我说我没有睡好，又说我累了。但她没有被说服，她接着提醒我：“方容，小心点儿，要是出了错你赔不起的。是不是家里出了什么事？”

“没有，不要担心，就是没睡好。”就在这时，你挣扎着的面孔出现在我的眼前，我强打精神，要求自己好好工作，可是每次当我强行将你的形象从脑子里推开时，我的心就会像被针扎一样刺痛。你不会轻易地从我的心上离去，你这个男人记录着我生命的节奏，是我生活亮丽的显示，抹煞你就等于抹掉自己生命的渴望和活下去的理由。

那天我是早班，下班时才三点多钟。我来到你的家，你的母亲打开门，一看是我，就冷冷地问：“有什么事吗？”

“是这样的，郅诚让我来看看您，陪陪您，怕您一个人寂寞。”

“谢谢，我不需要。”老太太的样子显然是连门也不愿意让我进去。

“郅诚很想您，让我一定来照顾一下，看看有什么衣服要洗，重活要做。”

“不用。谢了。”

我是从门缝里硬挤进去的。尽管你的母亲没有好脸色，可我还是抢着帮她干好了家务，还帮她买了第二天吃的菜，一直到走，她也没露出一个笑脸。我在关门的一刻，看到她在电话机旁一次一次地拨打电话。我知道，此刻的你肯定在治疗当中，所以一直关机。我很想走上去让她不要再打了，可是我怕自己控制不住说出真相，我强忍着离开了你的家。

回到家里，在上海工作平时难得回家一趟的哥哥突然回来了。哥哥是宁城一家工厂在上海的销售负责人，他正在房间里聚精会神地看电视。电视机里传来战争专家的评论，是关于伊拉克首都巷战的分析，有的人说难打，有的人说美国将面临挑战，有的人说萨达姆败势已定。餐桌上还有一片留给我的西瓜，这肯定是哥哥从上海带回来的。我刚洗过脸，嫂子冯春就从自己的房间里走出来：“方容，你哪里去了？”

“我去郅诚家了。”

“真是好媳妇，老公不在家，还去照顾婆婆。”

“哥哥，你明天还去上海吗？”

“去啊，怎么不去？”

“听说传染病的事了吗?”

“哦，道听途说的东西怎么能信呢!”

“你能不到上海去吗?”

“你担心郅诚了吧？没事的，不能因为怕就不上班吧，平时注意一些就是了。”

“这东西防不胜防，听说死不少人了。”我被自己的话吓了一跳，我的身体好像又站在了冰窖里。

“那也不要草木皆兵嘛!”哥哥安慰我。

嫂子端来切好的西瓜，我却毫无胃口，推辞说：“留给方帅吃吧!”

“哎呀，小孩子凉东西吃多了不好。”

看着嫂子含着笑意的幸福样子，我真想扑到她怀里放声哭出来，可是我不忍心破坏她的快乐，只是呆呆地回房坐在床上发愣，然后又打开电脑，搜寻关于传染病的新闻。

姐　姐

这情景并没有持续多久，关于遥远的广城流行的这场传染病，官方的言论终于和民间的流言进行了一次沟通，沟通的结果是：全国人民知道了，相信了，都置身其中了。从这时起，“非典”就不断地被提起，人人做出高度重视的姿态，即使内心不感到紧张，也会不断地在公开场合附和着别人的紧张，让自己相信它就在不远处。起先，我在工作的时间六神无主，下班后在阴沉沉的街上来回徘徊，日复一日地沉湎在对你的想象和担忧中。我忍不住又开始给你写信，我并不确定这些信能否被你看到，可是，内心巨大的思念和恐慌使我不得不借助于邮件：

呆子，你现在怎么样？你把我的心掏空了，我不知道还有什么比看着你面临如此巨大的灾难更让人不能忍受了。我感到自己掉进了一口深井，一切都毫无意义了。呆子，你一定要活着！如果你死了，我是不会活下去的，不会的！

写完后，我浑身发软，头疼欲裂，艰难地上了床。我发现文字不能排解我心中的恐慌，不能表达我的心情。也没能够改变我的心情，它们乱七八糟地堆在那里，形态麻木，像个死人。它们不能感受到我对它们的寄托，不知道自己承载的希望，可是我却对它们怀有梦想，期待它们能创造奇迹，让我度过这难以想象的时间。

回忆之神频频光临，它一再地把你的笑脸、走路的样子、说话的样子、眉目的神情，甚至你手心里的温度都传输过来，可是时刻伴随我的却是一种绝望的感觉。所有的幸福都逃之夭夭了，我陷于绝境，难以正常地思考了。我一直失眠，有时到下半夜才昏沉沉地睡着，睡梦中我大喊："呆子！呆子！"

这喊声过大，一下子把我从梦中惊醒，也把哥哥、嫂子和小侄子方帅惊醒了。嫂子跑到我的房间，摸着我的头，"方容，你发烧了！你的头好烫。"

"不要碰我，不要碰我，你们快走，我有'非典'，'非典'会传染！"

"说什么胡话，我们这儿哪有'非典'？"

嫂子找来了两片退烧药，倒来一杯水让我喝下。我唯恐自己真的得了"非典"，挣扎着下来，把自己的房门锁了起来，然后把药服了下去。我不明白自己好好的怎么会发烧。我看到嫂子若无其事的脸，再想想网上的新闻，变得有些恍恍惚惚。我知道你一定很痛苦，我自己的喉咙也开始发痒，我的胸也开始发闷，我整个人都很难受，我真想哭一哭。

我的意识在夜深时开始迷糊，巨大的痛苦纠缠着我，和我难解难分。我确信此刻死神正在你头顶走动，我感到恐惧，我想你一定需要我陪伴在侧，我希望通过梦境去和你共同面对，可我就是没法睁开眼睛。

我终于睁开了眼睛。

在一片光亮之中，我的意识慢慢恢复过来。我慢慢睁开眼睛，环顾自己的四周：白色的屋顶、贴着卡通图案的墙壁、粉红色的床单和小侄儿那张笑意盈盈的脸。我的心陡然凉了，我没有找到你，即使在梦里，而此刻站在我面前的却是一个年轻的少妇，我不认得她。

我的眼泪遮掩了眼睛。这个陌生的女人看到我醒来，脸上露出了笑容，“你醒了？小容，吓死人了，你都昏睡一天两夜了！”

是的，我醒了。

我转过脸盯着你的相片，希望你能从中走出来。“想男朋友了？”这个女人问我，“你嫂子帮你打电话给他了，打不通。”

“嫂子呢?”我搞不清为什么有一个陌生女人坐在我的床头，用这种善意亲切的声音和我说话。

“她去买菜了。”

“你是谁?”

“不认识我了？傻丫头，再想一想。”

我怔在那里，我认定这是与我十分有联系的人，这一点让我不胜惊喜，但是这种瞬间的认定和惊喜很快又烟消云散。因为我不认识这个女人。虽然她看似熟悉但面容陌生，我觉得她像是从天外来的。她穿着一身黑衣坐在床边，皮肤白净，染成棕红色的头发波浪一样披在肩上，看起来妩媚性感，但是如果要选一个她最有特点的地方的话，那就是她的眼睛，虽然并不太大，但是由于她看起人来单刀直入，充满着情调，会让人不由自主地想再看一眼。当我看她的时候，她也拿眼睛定定地看我。我仿佛在哪里见过她似的，又仿佛她就是我的一面镜子。于是我明白了，这是我的姐姐，我那离去十几年的姐姐。

这一次见到她，我的感觉居然是：我们共同生活过的日子看上去无足轻重，她对家庭漠不关心，可是事实上，她一直在我的生活中，在我的期待中，在我最伤心的时候自然出现。

这一次她出现时，时光已经在她的脸上刻下了岁月的风情，她的衣着、仪表、体态都焕然一新。她穿着一身黑色高领套裙，雪白的胳膊露在外面，露出了十足的性感和高傲；她的额头光洁，眼皮略有浮肿，嘴唇丰厚，略带一丝笑意，白皙的皮肤在深色的服装的衬托下十分诱人；那双眼睛在凝视我的时候能够透露出往日的信息。

我应该高兴或者应该哭泣，可是我没有，我愣愣地看着她，希望把她和多年来一直在我记忆中的姐姐重叠起来，可是我所记得的姐姐仍然是穿着海军蓝汗衫的小姑娘，以及在她的后母永睡不起时长啸般的哭声和满脸的愤恨。今天的姐姐已经成了典型的城市少妇，她的美将我镇住了。嫂子从门外进来，看我愣在那里，笑着说：“小容，你病了一场就糊涂了吧，她是姐姐啊，不是和你长得一模一样吗？”

当年，我还只有七八岁时，她已经是发育齐全的大姑娘了。

她的母亲死于生她时的难产，但是她并没有像别人议论的那样，被当成母亲的克星，相反，由于她出生时即失去母亲，倒招来了许多左邻右舍的同情。因此，在她会开口叫人时，所有的女人她都一味地喊“妈妈”，而男人则是“大大”。没有人统计过姐姐在出生后的十二个月内吃过多少女人的奶。她每天笑得异常开心，这也使得她的家庭没有那种死亡的阴影。父亲象征性地给她取名叫“难难”，藉以表达对死者的愧疚。

到了她四岁的那年夏天，她的后母，也就是我的母亲嫁过来了。新娘到来的第一天，方难就对着一身红妆的姑娘大喊“妈妈”。新娘被她喊得热泪盈眶，当即收起了处女的羞涩，把她抱在怀里。过早培养出来的母性帮她在以后的日子里顺利地生下了两个孩子，但是她自始至终最疼的还是这个叫难难的女儿。姐姐到了上学的年龄，我识字不多的母亲找来一本字典，自作主张把“难”改成了“澜”。

所以以后，很多人忘记了她们家三个孩子的身世，可是端倪在孩子渐渐的成长中暴露出来，姐妹二人的长相都像父亲，只有哥哥长得很像母亲，在性格上，我却和哥哥一样都随母亲的柔弱文静，姐姐方澜却显得反差太大，常常因为欺负了别的孩子而被人家家长找上门来。她跟在卖货郎后面试图用一只塑料拖鞋换取她们姐弟三个的棉花糖，企图失败后，她用土块砸碎了货郎手上的拨浪鼓；她爬到二丈多高的桑树上摘桑葚吃，她也热衷爬山，从山上找出各种能吃的野果子，她能分辨有毒和无毒的蘑菇；她玩跨步的游戏水平村上无人能比，那一双长腿使她行走如飞，风风火火；她胆量惊人，在父亲握着一根棍棒走到跟前时也会据理力争；她十三岁学会抽烟，十四岁跟着电影放映队的小伙子私自跑到了县城；她甚至敢在大白天脱得一丝不挂跑到河里畅游。那个做后母的站在河边上垂泪，做父亲的手握铁锹被其他人按住在大门口，而两个弟妹则躲在门槛儿边上放声大哭。因此，她没有获得什么好名声，虽然她肤色健美，五官端正。十五岁时，姐姐就过早地辍学了，其实她很想一走了之，离开这个倒霉的“黑水泛滥”的地方，可是因为我的母亲长年被病痛折磨，所以她不忍心离开。在我母亲死后的第二年，她就义无反顾地出走了。据说她闯荡的第一站就是北京。那时候北京对于我们这个小山村来说，是个遥远而神秘的好地方，是我父亲曾经有过一次失败闯荡的地方。我曾经听姐姐问过一个到北京工作的保姆：北京的水是清的还是浑的？保姆说：傻瓜，北京是首都，毛主席待的地方！大城市！天堂！哪里有黑水？北京的水都是从有开关的管子里放出来的，不是从山上淌下来的。

姐姐走时是一个静悄悄的黎明，我听到她翻箱倒柜的声响，把眼睛睁开时，看到她穿着一件海军蓝的衬衫，两只小辫子梳理得整整齐齐正准备出门。我只看了她一眼，而她也回过头来看我，她目光中的意味我多年以后才回过味儿来，那就是——同情。但片刻之后我就又被瞌睡虫带了回去，所以当天色大亮，父亲的骂声起来后，我才知道姐姐早已不知去向。

五年后她带着她北京户口的丈夫回过家一次。那时我已经在镇上读初中。我没有见到她，但是我从镇上回来后还是听到了村上人对他们津津乐道的议论。据说那个男人是个身高不足一米四的罗锅，事隔许多天我回到家后还听到人们模仿那个神气活现的罗锅在批评我们乡下人的愚蠢和落后，“难怪你两个妈那么年轻就死了，这地方哪里是人待的地方?”

姐姐那一次回来，主要是为了迁户口去北京，十多年前迁户口到北京，那是多么荣耀的一件事啊！单凭这件事她就赢得了父亲和乡亲的谅解。随即，她和罗锅公然在山上搂搂抱抱，接着又在父亲砸碎酱油瓶子的声音中夺门而去。

我现在能记住的仍然是母亲死后姐姐离家出走时的海军蓝的衬衫，以及她投给我的同情目光。

姐姐走后，哥哥便像一个母亲那样照顾我了。他真是读书的好材料，小学只念了四年，初中也只念了二年，他顺利考进宁城大学时才十九岁。他走的时候明确地告诉我：我要把你带出去。当然他实现了他的诺言。

时隔多年的今天，姐姐突然从天而降。她颠覆了我对她早已形成多年的印象，我和姐姐之间模糊的亲情一下子凸现出来，但是并没有因为时空的间隔而显得别扭，虽然一切都变了。而她呢，表情平静，就像是昨天才从这个地方出去买了趟菜一样。我的嫂子被她一口京腔和精致的外表镇住了，用殷勤的眼神看着她。

“小容。”姐姐喊我，声音也变了，不再是那个急猴猴地要跟别人争高低的样子，她说，“你长成大姑娘了。”

“是吗?”我回答她，因为她太美好了，所以我还是觉得陌生。我想起来，我忘记自己在发烧，在等待梦里与你相会，替你分担，我愣愣地问她，“你怎么会来这里?”

“不应该吗?”

“你不是不要我们了吗?”

听起来像是责备，事实上，尖锐不是我的个性，我从来没有因为她多年不归而有什么想法，尽管在她刚走的时候，我躲在水里也曾经幻想她跟母亲一样突然间站在我面前。

“不是因为‘非典’嘛！所以公司放大假，一方面过来避一避，一方面来看看你们。”她没有因为我的措辞而见怪，也许在她看来，我也已经不是当年那个傻乎乎跟在她屁股后面问东问西的小不点儿了。

“非典？北京!”这两个词像两把锥子突然袭击了我的心脏，我不及闪躲，疼痛难忍，恍惚又要跌进梦里去找你。

“就是凶啊，听说许多医院都有了。每天都有许多人被感染。我们公司总裁的朋友就已经进去了，所以他发了慈悲，放大假!”

“姐夫呢?”我想起她曾经带回的那个男人。

“噢，我们离了，你已经没姐夫了。”

“为什么?”我结结巴巴地问。

“感情不合呗!”姐姐仿佛在说着一件与她自己无关的事。

在谈话的过程中，我尽力想让自己看起来快乐一些，可是我的紧张和悲伤使我做不到不符合我心情的表情。

当天晚上，她睡在我的房间，送给我一条精美的白金手链。“很贵吧？给嫂子吧。”我推辞着。

“她也有，放心吧。”

她看到了放到桌子上的你和我的合影，端详了很久，然后说：“小容，你的运气不错。姐姐三十岁了，看男人也算是有经验，这个男人很纯粹，肯定是专一的男人。”

呆子，就是因为这句话，我起先对她的陌生感随即消失得无影无踪。人是多么奇怪啊，有时用千言万语都不能让两个人的距离拉近，有时就那么一句话就能使彼此之间变得毫无障碍。那天晚上我们一直聊到天亮，许多儿时的记忆浮出了水面，一直到那时，再次见面她所带给我的印象才有所改变。

姐姐说完，开始从包里拿出一些带有外文标志的化妆品在脸上涂来抹去。

“这是什么?”

“哦，晚睡之前进行按摩，有助于新陈代谢。很好的护肤品哦，要不要试试?”

“我不用，谢谢。”

“是啊，二十五岁之前皮肤就是好，不过，你一旦结了婚就不能大意了，皮肤会破坏得非常厉害。”

“为什么?”

“不为什么。恋爱很简单，婚姻很复杂，复杂得让你难以适应，包括心脏、皮肤，还有个性。”

就在那天晚上，一个完整的姐姐慢慢形成了……

当年带着满腔憎恨离开故乡的姐姐，因为对故乡深恶痛绝，所以把在北京扎根作为了自己唯一的目标。她跟许多人一样，赤手空拳地出了村，抱有连自己也知道不切实际的幻想。兴奋将惜别之情淹没得一干二净．甚至连招呼都懒得打，她怕一打好梦就被打醒了。她先是轻手轻脚地从床上起来，轻手轻脚地拉开门，出了门之后就是海阔天空了，她手舞足蹈，像小兔子似的奔跑在田埂上。

她顺利地进了城，而且是父亲曾经惨败过的北京城。她没有具体的目标，不像其他人对于钱有具体的数目，对于穷惯了的人来说，有没有钱反倒并不那么重要。她的主导思想就是在城市里生根发芽，然后带着高贵的城市男朋友返乡，享受荣耀。

在农村的那种野性很快被繁华的都市洗得干干净净，那种曾被人嘲笑的异端和个性在这个地方不过像管子里放出来的水那样平常。她很快意识到生活的差别。她没有意识到自己的天生丽质，相反，寒碜的衣服让她许久不愿开口说话。为了改变这种状况，她先是在一户人家做不拿工资的保姆，偷偷地用女主人的化妆品。她拼命地雕琢着自己，硬生生地将自己的土气连根拔掉了。她抹膏擦粉来掩盖健康的肤色，她涂口红，把本色统统隐蔽。随着胆子和见识的增加，凭着泼辣的个性，她很快在一个偶然的机会里被王府井一个卖服装的老板娘找去卖服装。服装店老板娘被姐姐的乖巧和能干所吸引，暗中拿金钱试探了几次，发现她人品也不错，于是想把自己的堂弟介绍给姐姐。

第一次见到罗锅，姐姐被罗锅的外表吓着了，她感到受了奇耻大辱，也在刹那间看到了自己的处境。她知道，这次相亲比父亲败走京城好不到哪里去，她的心隐隐作痛，立即断然拒绝了。

可是别人却能够从缝隙里找到成功之道。

老板娘对她进行了真诚而彻底的洗脑，她说："你到北京来是为了什么?"

"为了离开那鬼地方。"

"是离开一个月还是离开一年?"

"最好是一辈子!"姐姐干脆地说。

"那需要什么，你知道吗?"

"户口、房子。"

"你知道许多有知识有文化的男人都没有是不是?"

"嗯，好像是的。"

"不要说外地男人，就连许多本地男人都没有。"

"嗯，好像是的。"

"女人靠打工挣钱一辈子也不能挣到这些的。"

"嗯，好像是的。"

"但是有些人就有这样的好运，不用太辛苦，就能有房子，有户口，将来还有更好的东西。不要成天为这些发愁，女人一发愁，就容易老，再好的衣服也穿不出样子来。"

"嗯，好像是的。"

在谈话的过程中，姐姐想起了自己在故乡和泥巴纠缠不清的情景。晴天黄沙滚滚，尘土飞扬；下雨天塑料鞋上粘的黄泥有几斤重。那些水啊，黑乎乎的，洗得身子越来越黑，吃得胃里矿石越来越多，喝得肠子越来越疼，一想到要和两个妈妈一样死在那个地方，她就怕得不得了。

姐姐到底还是凭着对故乡的恶劣回忆成全了罗锅。

罗锅姓贾，住在朝阳区临街的一条小巷里，那套被他用来作为娶老婆法宝的房子并不太大，但是客厅、饭厅、厨房、带按摩浴缸的浴室、卧室和书房一应俱全，房子布置得颇清新高雅、温馨舒适。姐姐到北京一年多，哪里见过这样的气派？她的神经不由得兴奋起来。那天晚上，罗锅留她看影碟，姐姐被那一个接一个精彩的港台故事片迷住了，不知不觉到了半夜，罗锅很识相地请她睡卧室，自己睡沙发。姐姐在服装店打工，租住的房子里只有木板拼的床，她第一次躺到席梦思大床上，盖着那种柔软的丝麻床单时就被这种感觉吸引了。“不可思议吧。为了一张床居然能忍受床上那奇形怪状的男人。”姐姐说完哈哈大笑，可是那笑出来的声音就好像被风扑散了似的。她从床前的大镜子里第一次可以清楚完整地看见自己心灵深处肌肉的相碰，再放眼窗外，许多高楼大厦被各种色彩斑斓的霓虹灯、广告牌璀璨地点缀着，那闪烁的灯影，像天上的繁星，在漆黑的夜空中闪着神秘和诱惑，时髦的姑娘们不时从窗外经过。“我离她们非常遥远，我不知道什么时候才能够像她们那样骄傲地走路。”她想。这种念头使她的心刺痛了一下，她知道好东西太多了，可是自己够不着，现在，将来，或者永远都够不着——并不是什么具体的东西，一支口红或者一件大衣，当然这些也够不着，虽然天天在卖它，但是那与自己无关，即使是穿在衣上，想要的仍然没有到来——那就是理想，理想就是从里到外的拥有。她明白了，她不甘心只是拥有一件大衣、一盒粉饼，这不是她要的出路，她想拥有的是永远拥有——不需要回家。但是靠自己找到这条出路是行不通的，她必须有所行动。

这个想象将她先前的阴霾一扫而光，姐姐在那一刻有了做主人的强烈愿望。

接下来罗锅就开始带姐姐去逛那些有钱人才能进去的地方，珠宝店、咖啡厅，各类不同风味的餐馆，这些曾经离她咫尺而又遥不可及的东西，今天就实实在在地摆在自己的前面，任自己享用。她被突如其来的好景迷住了。如果有人认为她是出卖青春而嫁给罗锅的话，其实错了，她正是抱着享受青春的决心来考虑这桩让她极不舒服的婚姻的。

逛完后罗锅当然又带姐姐回去看影碟，实际上这时基本大局已定了。头两天相安无事，到了第三天，罗锅的手脚开始不老实了。一开始姐姐看到他的手碰上来胃里就难受，于是她拼命地躲藏，一直躲到墙脚。第二天，老板娘知道了她的问题又过来开导她，“不要说跟他了，像你这样的大姑娘，就是跟再漂亮的男人，感觉也会是这样的。”

“啊？”

“叫什么？不都是一样啊，我睡过七八个男人，感觉一模一样，不骗你。那些漂亮的男人只是看着漂亮，到了床上就一点儿区别也没有了。你再往深里想一想，你若是嫁给他，会少受很多苦，少走很多弯路，荣华富贵马上有，这是多少人天天要死要活想要的。

“你要是不同意的话，你想一想，找一个你们家乡的穷小子，就像琼瑶的爱情小说那样，爱得死去活来，可是他有房子吗？他能给你荣华富贵吗？能，拼个几十年，肯定也有了，可到那时，你人老珠黄，肉都往下掉，穿什么好看？吃什么有味道?”

接下来罗锅自己也趁热打铁，“我实在是很喜欢你，愿意把我的一切都拿出来给你，你就接受我的一片真心吧!”

直到此刻，她仍然在犹豫，矛盾，幻想，希望有一条可以行得通的路，没有良心不安，没有厌恶，又可以无限风光。

她知道自己不切实际了，回到过去——哪怕是回到昨天的生活，此刻都像是无限凄凉一样。想着命运、前途和自己的孤苦，她哭了；对着镜子，想着死去的继母，她哭了。

就这样，姐姐同意和罗锅谈恋爱，十九岁就嫁给了他，成了一个正宗的北京人。她带着罗锅回到家乡时想：我最最风光的时刻就要到来了，可是别人到底没有忽略罗锅背上的那个包，她心里一天比一天不快乐。

这个男人形象碍眼，平淡无奇。他的身上没有引起别人兴趣的东西，更不会使人浮想联翩。他很少出门，不懂潮流，多年的愿望就是讨个可以扬眉吐气的老婆，如今愿望实现了，更懒得动了。姐姐觉得男人应该风度翩翩、出口成章，男人应该多才多艺、幽默风趣，就算都没有，男人也应该有跟别人没什么两样的外表吧!

任何人要是撇开自己的处境拿两个光秃秃的身子来做比较，以此来衡量是否般配的话，那么这世上的大多数婚姻都得重组，当然，重组也不等于幸福。

姐姐抛开她外来妹的身份，单拿自己的个头跟对方比，单拿自己的后背跟对方比，这种比较使她对自己的选择感到窝火。她不再用依赖的眼光打量他了，也对前途感到怀疑。

他看出了她的心思，一开始想用柔情感化她，他对她做工作说：“你想一想，你今天的一切都是谁给的你？”

姐姐反问：“你给了我什么，我有什么？”

“户口啊！”罗锅说。

“这个东西算个屁！”

“你不能忘恩负义！”

“我究竟做了什么了？”受了委屈的姐姐不依不饶起来。罗锅为了避免战争，就出去喝酒，赌钱，很晚才回家。“你瞧瞧，这样的男人也算男人吗？”罗锅选错了策略，让这个女人彻底死了心。

十年过去了，如今我仿佛能听到姐姐那句“户口算个屁啊”，不禁哑然失笑。时至今日，姐姐嘴里“算个屁”的东西仍然相当重要，倒是我认为比那更实在的东西在许多人眼里实在不算什么了，比如爱情，比如忠贞，比如等待。我们视若生命的某些东西，今天也仿佛不算什么了，仿佛也不能成为坚持下去的理由，不过，总有一些人会坚持住，比如你——我儿子的爸爸，比如我，比如十年之后，我在这里，静静地回望这一切，仍然爱意绵绵。

成为北京人后的姐姐慢慢增加了胆量和见识。北京城带给她的盲目的新奇感渐渐消褪，她置身其中，看穿了一些，得到了一些，也失去了一些。她学会了打扮，掌握了华贵的技巧，从而发现这是简单的事，包括在这儿生存下去，也不像当初那么复杂。而作为具体的男人，他却愈来愈面目可憎，她决定不再自寻烦恼，也出门寻找消遣。罗锅发现软硬都不行，忍耐到了极限，就任由自己的猜疑和自卑发作起来，两个人正式开战了。姐姐打个电话或者哪天晚上下班回来迟了点儿，罗锅就会把门关上，对着她审问："说，去哪里了？给我戴几顶绿帽子了？"

"什么绿帽子？只不过去逛逛公园，喝喝茶。"

"你这种女人，一套房子就嫁给我，要是哪个男人给你千儿八百的让你睡一晚你抗得住？"姐姐当初的幼稚头脑今天竟然成了他的手段。可结果这些话使他彻底失去了她，虽然当时她没占上风。

"我就知道你喜欢那些漂亮男人。"他继续吃干醋，"你们外地女人的脑子里想什么我们不知道？"外地女人的名声不知从什么时候搞得那么臭不可闻，反正每每到了这时她就必须听到这样的侮辱。

就这样，一开始着了魔的百依百顺演变到后来就像走了气的啤酒变酸了，最终他们难以相处了。那时候姐姐自己搞了个服装店，不再帮老板娘打工，罗锅负责进货，姐姐负责数钱。有了钱的姐姐更加掌握了主动权，她发现自己的胆量和见识都不允许她再和一个罗锅生活一辈子，她不仅懂得把自己打扮得赏心悦目，也懂得了怎样让自己的内心饱满生动。可是好景不长，罗锅怕她卷款逃跑，变着法子夺去了她的大权。就在这时，她认识了对面一家三星级宾馆的大堂经理许杰。"他也是外地人，没有钱、房子、户口，可是那有什么关系呢！一米七几，往那儿一站，真像一座大山一样雄伟。"姐姐说，"遇到真正的男人再回头看那些不中用的东西，就好像吃惯了大米饭，再去吃窝窝头，真入不了口。窝窝头你记得不？小时候咱妈才让吃这个，不过，不能怪她，她自己还饿着呢!”

对于挨饿，我却一点儿印象都没有了。

“城里男人，那也要看什么样儿的了，我不能为他浪费我的一生。”

她决定放弃婚姻，重新开始，为此，她放弃了开了几年的服装店，自己空着手出来了。

姐姐爱上的许杰一心一意想做正宗的北京上等人，对她的工作表现出了不满。这个男人她没有细说，只是说他终究没有和她结婚。姐姐只好偷偷地怀上他的孩子，以此作为拴住他的法宝，可惜，这一招没有用，许杰口气坚决地要求姐姐将孩子打掉，打掉后的姐姐也没能赢得他的同情，这个男人最终放弃了姐姐。姐姐的北京感情生涯就以这样的方式落下了帷幕。

“我咽不下这口气，很不甘心。”

“其实那儿又有什么了不起呢？你看，多少人在那儿苦苦守了几十年，‘非典’一来，还不是全部跑光？北京跟任何地方都没什么两样，它也害怕死亡，这说明那儿也不是什么天堂!”我说。

“是啊，可惜到今天才明白过来!”姐姐以叹息结束了她的回忆。

灾　难

姐姐在我发烧的那天一直尽心尽力地照顾我，可是第二天我仍然要求去单位上班。尽管头痛欲裂，可是我觉得自己有能力去上班。如果我不去上班，就等于我接受这个现实了，我去工作就说明事情还不太严重，我暗示自己状况不会严重下去，不会严重到影响我的日常生活。

我的模样令信用社的同事大吃一惊，我知道此时的我肯定满脸通红，目光涣散。

“没有什么！”

“当心身体啊！”

同事们过了一会儿就各忙各的去了，午休时她们又谈到了商场名牌服装打折的事，谈到了来自自己圈子里的关于“非典”的传闻。可是最后，她们总是把聊天的内容转移到男人身上，一谈到男人，你手捧鲜花求婚的事又往事重提。

可是这一次，我没有露出以往的甜蜜微笑，我的双眼空洞地盯着信用社门口，手中的电话已一次次拨出了那个熟悉的号码，答复仍是“对不起，你拨打的电话已关机”。我的内心像一个巨大的空洞一样，需要什么来填满，我不知道说什么好。我嗅到自己的孤独在四处弥漫，可是没有人闻得到，每次我都觉得抬头看我的那个同事嗅到了我的恐惧和忧伤，可每一次我都是虚惊一场。时间渐渐过去，我的希望、勇气和精力也随着消沉下去。时间从没有像现在这样清晰地凸现出它的狰狞，每过一秒，我都有胆战心惊之感。我似乎感受到时间封存了我内心的所有出口，欲出无门了。下班后我走在街上，看到人群川流不息，我感到自己是那样的无力而又无奈。焦虑使我身心交困，但是仍然有一线的希望在等我，那就是电子邮箱。我拖着沉重不堪的腿进门，连鞋都没有脱，就急急地打开电脑。我想说不定你的信已经在那里了，告诉我你不过是普通的发烧感冒。

可是信箱里只有一些广告来信，我开始在各个网站搜寻着关于“非典”的消息，可是网上的消息对我没有帮助。网上有“非典”爆发的时间和地点，有中央领导人对“非典”的重视，可是网上没有拿出针对它的治疗方案。每一条消息的背后都像一个个无底的黑洞，吞噬着我的爱情、我的信心。

我想知道广城病人的治救情况，我想知道你被传染是偶然还是必然，我想知道更多的情况，越多越好。我最想知道的是，活下去的可能性有多少……

在前所未有的灾难面前，没有经验是大家共同的问题，不仅是我们手足无措，许多专业人士都显得惊慌失措。我们就像是在黑洞边缘行走的夜行人，带着显而易见的惶惑和焦灼。

我发现同事们下了班照样逛商店泡酒吧，她们嘴里说：当心啊，被传染上就完了。可是心里是怀有侥幸的，她们最多在进餐时不再点生猛活物罢了。另一个就是，这些前所未有的恐怖事件以往只是在电视、电影和别人的国度里发生，我们平静地生活了很多年，我们需要刺激时才能看到在屏幕上和写在书里的灾难。可是那灾难也最多刺激着我们的神经，还远远没有到达心灵深处。

我们的心灵是麻木的。我的同事、领导、亲人以及朋友，不都是这样吗？

这使我感到悲哀。我不知道他们凭什么就以为除了广城其他的地方都一定是安全的。我的哥哥头天晚上回来，第二天一早就又匆匆离去，好像没有什么可以阻止他的东奔西走。

嫂子一如既往地在厨房里整理碗筷，器物的碰撞声使我感到头部一阵刺痛。姐姐懒散地坐在沙发上看电视，乍一看，是一片祥和温馨的天地，可是在我眼前的整个房间似乎在旋动。我脑子里灌满了“非典”的概念，我的耳边充斥着你从电话里传来的阵阵咳嗽和喘息声。

“你需要我，而我却无能为力！”我躲在房间里一遍遍拨着你的号码，这是唯一可以联系你的方法，可是手机里一直传来“对方不在服务区”的声音。呆子，你不是说过任何情况下都不离开我吗？

我头疼欲裂，从抽屉里找出几粒安定吞了进去，然后躺到床上……我再一次梦见你，梦见你站在一幢房子的楼顶，向我招手。

我于是想跑上去，可是，我找不到电梯，也找不到楼梯。我焦急地来回奔跑，东边，南边，西边，北边，都没有。到最后，连本来站在脚下的走廊也不见了。光线却越来越暗淡，街道也是前所未有的狭窄，路面铺满白雪。寒风刺骨，白雪在脚下被踩得咯吱直响。我没有穿套鞋，没戴手套，没戴帽子，两耳冻得又麻又痛，身上居然还穿着一件薄薄的衬衫，我不明白自己为什么这么傻，这么冷的天居然穿这么少。可是，我最想要的还是电梯或者楼梯，但它们一样都没有出现。我等得不耐烦了，我想飞身上去，去解救被困的呆子……我于是开始朝着不明方向的前方跑啊跑，不停地跑，好像只有这样，才能跑离死神，跑离灾难。不知过了多久，也不知到了什么地方，我的耳边出现喊声：方容！方容！我不想听这叫声，我唯一应该做的事就是想办法去救你。可是此时，我对自己在什么地方都没有把握了。街道两边排满了厚厚实实的木质建筑，十分陈旧，丑陋不堪。这里不可能是我们的城市，却有点像乡下，可是我们怎么会来到这么一个不知所以的地方呢？我们怎么来的？为什么来这儿呢？我焦急不堪地奔跑，询问。我的眼睛始终望向高处，寻找还站在上面的你。你得挺住，我在心里对你说，我这就来，这就来……

我醒来的时候，嫂子正拿着毛巾放在我的额头上，“你又发烧了，吓死我了。”我呆呆地看着自己的房间，才发现自己做了一场梦，“我哥呢？我姐呢？”

“你哥去上海了。你姐出去逛商店了。”

“你为什么不留住他呢？”

“为什么?”嫂子奇怪地问,“他走时你已经不发烧了。”

“不是我,是‘非典’,‘非典’!”我的情绪突然变得激动起来。

“上海又没有,只有广城才有。”

“你怎么知道,你怎么知道上海没有?香港、北京不都有了吗?”

“可是离上海还是很远啊!”嫂子看到我激动的样子,有些莫名其妙,“你是不是担心郅诚啊?他怎么样了?”

“他,没事!”看着嫂子一脸的关切,我没有说出真相的勇气。

“那你睡吧,等饭好了我喊你起来。”

我不置可否地重新闭上眼睛,“呆子,给我信息,否则我就去找你,不再犹豫。”

下了决心的我慢慢地闭上眼睛。闭上眼睛我就想起了你,我想象你在医院的情景,我想象着你粗重的喘息声,我想象你神志不清的样子,我甚至想到死神就站在你面前,向你伸出残酷的大手……

从那以后,我不断在梦里看到你在求助,挣扎,不断看到狰狞的死神的脸,不断地听到来自我内心的呜咽……

每一次我都会从噩梦中醒来,醒来后全身大汗淋漓,这种情景持续反复,使我浑身无力,虚弱无比,我在心里默默地祈祷着远方的你一定要坚强度过……

我就这样被击倒了,无力再继续在生活中扮演什么了。白天神情恍惚地上班,回到家后食不知味,内心一片空虚,随时都有坍塌的可能。同时，在我的灵魂深处，一直等待着发生什么事。

我记得自己的内心在挣扎，企图抓住某个能够让我“正常地想”的东西。正在这时，手机突然发出一声清脆的响声，我被惊得从床上跳起来，一把抓住手机就看，果然手机提示有短信息：“容，我醒了，我挺过来了。”呆子！我的呆子！

我无法形容当时的心情，巨大的喜悦使我失去了思考的能力，我拿手机的手开始颤抖起来，我听着自己的哭声开始发信息：“呆子，我爱你！呆子，要挺住！呆子，我和你在一起！”

不一会儿，你的信息又来了：“容，太晚了，睡吧，医生不让我发了，我要休息，我也想你。呆子！”

当确信这一切是真的时候，刚刚挂着泪的脸上突然就有了一丝笑意。我把手机紧紧地护在胸口，那几个字我看了又看，看了又看，然后才想起什么似的，拨通了你家的电话，铃声响了之后，我又“啪”的一声挂了电话——这个时候打电话过去，会吓着你的母亲。我让自己冷静了一下后，才发现自己又累又饿。我悄悄下床，摸到厨房找了点儿面包吃了，然后让手机贴着自己的胸口睡着了。这是在得知你感染以来我睡得最沉的一次，这一觉睡到第二天早上八点半，我眼睛一睁第一眼就看到了挂在墙上的时钟，本能地喊起了嫂子，“我迟到了，你怎么不叫我啊？”

“你好几天没睡好觉了，我看你睡得香，不想叫你，帮你请假了。”

我这才想起了遥远的你、手机短信和昨夜的哭泣，我二话没说，倒下去就睡。可是这一回怎么也睡不着，我不知道现在的你到底怎么样了，危险期是过去了，可是病情稳定了吗？能吃东西了吗？在用什么药？什么时候能彻底恢复？

我知道现在除非你站在我面前，其他的方式都不能让我安静下来。我重新从床上起来，打开电脑，我想知道更多的消息，我想知道这种病的所有情况，发病原因、死亡率、如何治疗、治愈率，我统统想知道。

可是好消息少得惊人。除了诸如一些“正在”、“一定”、“可能”、“终将”、“只要”等含糊不清的词语之外，没有实质安慰人心的东西。每天的死亡数字也开始公开了，可是这些数字具有前所未有的恐怖性。它既没有说明人为什么会莫名其妙地被感染，又没有说怎样才能避免感染。网上叫人们要相互保持距离，叫人们少出门，网上还说大自然中是安全的。可是大自然不是一寸寸被掠夺，重新包装成城市了吗？

亲爱的，我背负着沉重的担忧度日如年，可笑的是，居然有人以为自己可以在你被病魔折磨的日子里赢得我的心。

由于对你过于挂念，所以我频频向张亮打探消息，我知道他是药商，所以最有可能知道最真实的情况，所以我几乎每天都会主动打电话给他询问情况。可是他现在成了大忙人，不通过电话几乎找不到他的人。有一次我去敲他的门，结果他又不在家，于是我拨打了他的手机，他接了电话张口就急急地说：“老板，真的没货，有货肯定第一个给您老人家啊！”

我叫了一声：“张亮。”

“方容啊，我还以为是刚才要货的邢老板呢，我都忙晕了。”

“还是要板兰根吗?”

“不光是板兰根，还有罗红霉素、维生素、消毒水、口罩等。哎呀，反正只要是与‘非典’有关的现在都吃香。怎么，要不给你家送些?”

“不用了，我想知道什么药最有用?”

“哪有特效药啊，都是心理上的安慰。大家都是心里有数，却个个病急乱投医。”

“这种现状还会持续多久?”

“谁说得准呢？不过，对我没有害处。”

“你发财了?”

“哪里哪里，一点小运气而已。”可是他把我的造访理解成可以趁机接近的信号了，所以有一天，他居然在我下班的时候直接来到单位找我，我非常惊讶：“你怎么在这儿?”

“我来接你啊，然后请你吃饭。”

“凭什么?”

“凭什么?”张亮想不到我会来这么一句，愣了愣，说不出话来。

初看上去，张亮确实是个恰如其分的小商人形象，他的外貌和风度充分说明了他的身份。他的身材经过几年啤酒的浸泡，从过去的又长又瘦变成了两头细，中间圆。我记得他过去穿的衣服总是因为太大而晃晃荡荡，可是现在由于圆满的肚子使他所有的衣服都显得合身起来，再加上他总是把头发梳得光洁整齐，皮鞋擦得亮锃锃，所以给人极为考究的印象，但是他一走路，还是会暴露出那种小商人急不可耐的特征。

当年他在电子厂做技术员时，由于对自己的价值得不到实现而感到极度苦闷，所以硬是放弃了，今天，他回想起过去，总是会用这样的话来开头：我在二十二岁就考上了大学，可是因为经济拮据，只能辍学。当时以为做了技术员就可以摆脱贫穷，事实上，我花了好几年的工夫适应这个工作，三次差点被开除，为了避免被开除，三次共送了一千七百多元的礼给厂长。厂长在收到礼物后就从要让他下岗到承诺给予他“发展”的机会，使他感到人生的荒谬和金钱的魅力。

如果没有今天的“发达”，我甭想听到这段曾经被他当做难言之隐的过去，可是如今他发达了，过去的丑角般的经历成了今天值得回忆的花絮。

“当然，人要不断地受到刺激，才能够检验自己的能力，才能发挥自己潜在的特长。”张亮说。

张亮从电子厂出来，并非出于飞黄腾达的欲望，只想摆脱不断送礼、不断低三下四求人的生活。他终于从一个居无定所的工人变成了一个药品推销员。你可别小看这药品推销员的工作，在这期间他从过去清规戒律的生活中脱离了，生活开销却大幅度上涨。他，张亮，从一个穷光蛋慢慢变成了一个中产阶级。

他的生活作风，从某种角度来说，可称值得人们学习。不管他过去为什么一再被工厂想要清除出去，可如今他能够挺直腰杆子做人了，虽然在追求女孩子方面一再受挫，但是最近遇到的一系列商业上的机遇使他真正感受到了生活的美好。由于“非典”

的影响，原先他自己经营的这些抗病毒的药品在市场上的份额都不大不小，倒是那些抗生素卖得不错，但是谁想到二月份刚刚过完年，板兰根的定单就源源不断地飞来。他一开始对广城的“非典”还是抱有一点世人皆有的那种惶恐和不安，但是当“非典”的传闻以类似过去传播谣言的方式传来，要求订货的电话掷地有声地传来，打到账面上的现金便实实在在地增加了。很快，那遥远的惶恐被巨大的财富淹没了，他审时度势，赶紧大量地从消息闭塞的西部地区的一些小厂里用现金订购药品，然后向自己所在的药厂递交了辞呈。这样，他把工厂客户都装在一个八块八毛钱购买的笔记本里占为己有，把自己从西部进来的药一批批地高价卖给笔记本里的客户，却让厂长在大量的积货面前团团转。

厂长不得不出面了，请他到本市的世纪和平大酒店的包厢里促膝谈心。

最终，张亮以低于本厂批发价一半的价格买走了所有堆在仓库里的板兰根和维C银翘片。厂长大喜过望，连连干杯，醉得不省人事，被司机连拉带拖地送回了家。

这是张亮痛快地从一贯的唯唯诺诺变成接受别人唯唯诺诺的转变时刻，他觉得这对他的人生具有标志性意义。

短短一个半月，他足足赚取了上百万的现金。而且从目前的形势来看，还有更多的机会在等着他……

在四月十五日之前，他天天晚上要拿出一个多小时的时间盘算当天的收入，明天可能的收入，过去全部的收入以及还有哪些有可能的收入……

但是这几天他突然对此感到了厌倦，取而代之的是一种大获全胜后的失落感。从他的眼睛里我感觉到一种心意满足后的空虚和恍惚。

他在刚搬到我楼下时就向我表示过，可是那时他实在没有足够的底气，一则他虽有一套房子，但充其量不过是从贫下中农变成了贫上中农，所以，他草草地试探了几次就放弃了。对于他当时的经验而言，在追逐某个目标时，发现难度太大，从而有可能付出大于回报时，必要的放弃是明智之举，这是他们领导对他的教诲。

相当长的时间，他不仅在生活上保持了清心寡欲，而且还勇敢地承认了。如今，他认为自己的生活应该有所起色了。在现在这个时代里，人们是不敢承认自己有这些品质的。他毫无愧色地承认他现在还在爱着楼上已经有男朋友的叫方容的小姑娘。

金钱方面的收获使他认知事物的方式方法都改变了。带着今非昔比的面目，他雄赳赳地站到我面前，做出了一个自信的邀请姿态。

我张大的嘴巴被他理解成对他传奇人生的敬仰，可是事实呢，我感受到的是一种不能控制的厌恶。我想到你正在受到病魔的折磨，而他正在大发其财，我遏制住自己的反感，问他："卖板兰根、消毒水、抗生素发了财？"

"也不完全是，还有别的业务。"张亮通常的那种商人的言谈举止今天好像没有在我跟前发挥出来，他有些结结巴巴地回答。

"我没空，我还有事。"我毫不掩藏自己的不快，这种不快完全来自于他对于“非典”形势所表现出来的那股高兴劲儿。

“去哪儿？我送你。”张亮跟在我的自行车后边走。

正在这时，他的手机响了，他一看号码就嘟囔着说又是要货的，于是“啪”的一声合上了手机的盖子。

我的心跳了一跳，口气缓和下来，“张亮，生意还是那么好吗?”

“最近要差一些，主要是许多原来不生产的厂家也开始跟风了，货一多嘛，供货价就下来了，利润也小了。”

“市场需求呢，大了还是小了?”

“这个你就不懂了。大小还不是根据形势，最近的形势你就没觉出紧张来?”

“我们这边好像没事儿似的。”

“我们这小地方，人的反应本来就要迟钝些，再加上离疫区远，其实北京那边早已经人心惶惶了!”

“除了北京还有什么地方比较严重?”

“多着呢，广西、内蒙古、天津、山东到处都有要货的电话，当然，我只要根据要货的多少就知道哪个地方情况严重!”

“你的判断准吗?”

“赚钱方面嘛，我对自己还是很自信的。”

我不愿再听到类似的话，说了声“再见”就匆匆回家了。

刚下车，就见一辆出租车也停了下来，张亮从里面笑嘻嘻地看着我。

“你?”

“我打车比你快。”

“才五分钟的路，有必要打车吗？哦，我知道了，钱多了没法花。”我边说边锁好自行车往楼上走。

“方容，别这样嘛，我怕你回来我找不着你，其实我也没什么意思，做个普通的朋友嘛，你对我好像有成见。”

看着张亮一脸的无辜，我也觉得他有点儿委屈，于是冲他笑了一笑，说：“下次吧，今天我要去上课。”

“那我送你去。”

“没有必要吧。”

“要不下了课我去接你？”

“张亮，你不要把时间浪费在我身上。你现在各方面条件这么好，还是把心思放在别的女孩子身上吧。”我转身要走，他的脸上有了一层不自在的神色，他冲着我的背影几乎是叫喊着说：“我到底哪里不如叶郅诚？不就比他矮，比他瘦一点儿，学历比他低一点儿，这些就那么重要吗？”我不禁哑然失笑，男人哪能这样比？

我的话虽然不多，但是态度非常坚决，我看着他愣在那里，就转身回了家。

回到家，嫂子正在看电视，一见到我就说：“你瞧这美国，昨天晚上就炸巴格达了，老百姓真没法活了。哎，怎么没人去劝劝呢？”

劝劝就行了吗？我呆呆地站了一会儿就往房间走，把等待回答的嫂子晾在门外。我的感情和思想已经被你死死缠住，把生活的秩序都忘记了。

我唯一能做的就是不断地给你写信，我得让自己为你的活着而努力。首先活着，然后才是其他。

呆子：你能挺下去吗？如果挺不下去，就想一想我们度过的那么多的白天和夜晚，就像我此刻一样。我现在到处都能看见你，在信用社门口，在楼下，在月亮里，在黄昏的街头，我清清楚楚地看见你，看见爱着我的你，看到我们紧紧相守的身影，看到我们幸福的将来。

你不会把我丢下的，对不对？现在，此刻，我所有的记忆，所有的爱，所有活着的快乐都是因为你。你不会随便拿走它的，对不对？你给过我承诺的，对不对？

然后我去上班，晚上我回到家第一件事就是打开电脑，意外地发现收件箱里有一封未读邮件。

我不敢打开，我想那肯定是广告，可恶的广告总是不请自来，但是我心里又想那肯定是你的信。怎么可能呢？你能写信了？你能上网了？你恢复得那么快？你不是在发烧吗？你不是四肢都扎上了吊针吗？

我久久地停留在信箱的首页里，不敢进去，直到思绪开始混乱时才打开，果然是从你的信箱发来的！我的心一阵狂跳，我小心翼翼地打开它，看到了你的字：

容，你的信我收到了，我一定能挺住的。其实没有什么，你要把心放宽，事情没有你想的那么严重，我不会丢下你和妈妈就独自走的。我答应你不会离你而去，一定要和你在一起！

呆子，这算是你的第四个承诺吗？

你曾经答应不让我哭，让我胖起来，永远爱我，现在你又做了第四个承诺——不会离开我。到目前为止，我没有看到任何诺言的实现，这至少说明，我们是多么无能为力啊！我想发自肺腑的话自己却没有力量去实现它，不是缺少诚意，不是缺少信心，也不是缺少愿望，我们所缺少的却是时间！

十年过去了。亲爱的，一切已结束。我知道了承诺的虚弱。所有的承诺都不会被兑现，可是所有的承诺都是发自灵魂的咏叹，都是生命的愿望。

我从房间出来，扯着嗓子告诉所有的人：“呆子来信了！呆子来信了！”

他们奇怪地看着我，不就是男朋友的来信吗？可是倘若一个人不受着担忧亲人性命的不安，忍受着相思的折磨，又哪里能明白这信具有的意义呢？

从四月十二日到四月十七日，你一共发来了五封报平安的邮件和短信息，内容几乎都是一样，有时最多就是“我还好，不要牵挂”这几个字。可就是这几个普通的汉字，支撑着我度过了独自面对的白天与黑夜。

那至少说明你还活着，还在接受治疗，还在与疾病斗争。

我就是从这些信件中获得了一天又一天的安宁。我虽然脸色苍白，神情忧郁，可是我能够一天天支持着面对生活，去上班，去看望你的母亲。

现在早晚进入小区里，到处都是中药的苦味儿。这种苦味儿好像来自四面八方，你无从识别到底是从哪家的厨房飘出来的。

嫂子也不落后，她从超市里搬回来整箱的酸醋，当然，真正能够消毒的白醋已经没有了。她吆喝着让方帅洗手，方帅因为不解而不肯洗，他说在幼儿园已经洗了三次了。

四月十五日，我所工作的信用社正式开了个会，会上决定把消毒环境和现金作为工作的一部分，随即是发放口罩和增加免疫力的药品。昔日欢声笑语的同事们开始变得忧郁，同事们都在流传着“非典”的消息。他们怀疑每个来存款的人都有可能是“非典”的接触者、传播者，每个路过信用社门口的人都有可能是处在潜伏期的“非典”患者，最后，他们被自己的话弄得非常恐惧，却又似乎根本没把“非典”当回事。

我因为心中巨大的秘密，没有参与他们的谈话，默默地坐在一边发呆，但是他们任何夸张的预测都会使我的心收紧。我觉得自己很痛苦，很想与人谈谈。但这种事可与谁谈呢？不能与同事谈，也不能与哥嫂谈，这巨大的压力使我心情沉重，一连数天，我食不知味，看见同事们那么津津有味地吃着盒饭，我觉得他们离我太遥远了。恍惚间听到主任在用平常难得听到的声音说：“从今天开始，每天柜台上进行至少三次消毒，收进来的钱一定要紫外线消毒。另外，你们和客户打交道时，说话尽量离得远一点儿，‘非典’是可以通过对方说话时的飞沫传播的，大家要提高警惕。”

上班时，来存取款的客户有的站得离柜台远远的，还有细心的已经带了一只塑料袋让银行的工作人员直接把钱放到袋子里去。这种行为好像有一种相互影响的作用，工作人员接触现金时也比以往要小心了，他们时不时站起身来到后边的洗手间洗洗手。到了中午，大家不约而同地向主任提议，不要像以前那样到隔壁饭店去就餐。

四月十六日，我再度敲响你家的门。我发现几天不见，你倔强的母亲好像憔悴了不少。今天，她破天荒地没有给我恶劣的脸色，而是示意我坐到沙发上。

“伯母好。”我轻轻地说。

你母亲慢慢地走到沙发边上自顾坐下，问道：“他应该和你保持联系，是不是？”

“是的。”

“可是他为什么不打个电话给我？”

我突然觉得这话一点不像是在发问，而是在哀求，这使我微微一怔：“可能他太忙吧。”

“忙得有时间打给你，没有时间打给我？”

“他并没有打过电话给我，只是给我发了一两个短信息。”

“这不像是他的作风。”

“他们是封闭式训练，可能纪律比较严。”

“别再用这种话哄我。我打过电话到他单位了，他的培训是正常的业务培训，又不是什么特务活动，有这个必要吗？他是不是出了什么事？”

这句话终于问了出来，我赶紧摇头：“不不不，他很好，他真的太忙了。”

“那么，是你的主意？”

我沉默了，我不知道怎么回答这个问题，如果连这个也否定的话，那么她还会继续加以追究。

“你是不是自以为很聪明？”我的沉思被她的冷笑打断，“听说你在信用社还不是正式编制，一旦改制，你就会失业吧？”

“伯母，这些东西真的那么重要吗？”

“你自己说呢？你小时候想过有一天会站在这样的房子里吗？”

我下意识地抬头看了看客厅：“伯母，您难道不相信您儿子的魅力吗？还需要房子来增加筹码？”

“我儿子天性纯朴，为人憨厚，根本不懂得讨好女孩子，哪像你一看就很有城府的样子，我确实非常怀疑他是否有能力讨到你的欢心。”

“您不会认为您的儿子一无是处吧？”

“不，当然不！可是他没有理由得到你这么个漂亮姑娘的垂青。”

我手里的西瓜突然像千斤重似的从手上“嘣”的一声掉到了地板上，我的眼里一下子涌出了泪水。

“不，伯母，不是这样的，您以后就知道了，不是这样的。”我说不下去了，拉开门径直奔跑下了楼。

泪流满面的我趴在一根电线杆上久久不动，我感到热乎乎的泪水像一只滚烫的大手托住了我，我合上双眼，感到两只耳朵嗡嗡作响，太阳穴上的血管跳得清晰可见。我很清楚，若就这样一走了之，以后就别想进这个门了，想到这里，我返身重新回到楼梯口，电梯口魔术般地打出了“正在维修”的字样，我毫不犹豫地往楼上走，我发现每走一步都像跨一座山似的，几十级台阶从来没有像现在这么难以跨越。

到了你家门口时，我发现自己临走时没有关严的门仍然虚掩在那里，我预感到什么，一把推开门。你母亲仍然保留着我走时的姿态，她对于我重新回来并没有感到吃惊，她比刚才似乎平静了一些，说道："我们开诚布公地谈谈吧。"

"好。"我轻声地说。

"他父亲过世得早，我们母子感情相当深，这个你是知道的。"

"是的，我知道。"

"你知道他对于我意味着什么？"

"我知道。"

"他从来没有违背过我的意愿。"

"这个我也知道。"

"可是这一次他当了真，我让他进行选择，他很坚决地选择了你。"老太太黯然地低下头，"认定不放手的个性恐怕就是我的遗传吧！"

"所以，郅诚也不会抛弃您，伤害您。"

"事实上他已经这么做了。"

"伯母，相信您自己的儿子吧，也相信我，如果我真的是那种让别人母子成仇的人，他是不会喜欢我的。"

老太太抬起头，睁开狐疑的眼睛，"那为什么他的手机天天关着，他是不是出了什么事？"

"没有，我们天天用电子邮件的方式联系。"

"他变了。"

"不，他没有，他最近确实是因为忙才没有给您打电话。"

“他考大学、考研时也忙，还经常到我房里陪我，就是工作以后偶尔出差，电话是天天打的，事实证明，有你之后，他无情了。”她的嘴角露出一丝嘲讽，一贯的隐忍和持重消失得无影无踪，她挥了一下手，做了一个让我离开的手势。

这么多天的担忧和委屈一起涌上心头，眼泪突然抵制不住从眼眶里涌出来。我真的希望你的杳无音信是一种手段。我宁愿被她骂，可是我从她的声音里听到的不是一种指责，而是一种疑惑。我真想告诉她真相，可我还是怕她会承受不住。

这一次，我拎起自己的包，头也不回地走了。回到家，我顾不上洗脸洗脚，就坐到电脑边给你写信：

呆子，我很好，你的母亲也很好。这段时间她对我友善多了，今天还跟我谈了你的父亲，一个和我一样的乡下人。看来，虽然你在城市生城市长，可你终究是半个乡下人，这也是你的心可以和我如此相通的原因吧！

你今天怎么样了？手机又打不通，又是医生不让开机吧？那么晚上他允许你写信吗？

呆子，爱情有利于病情的恢复，也许比药物更好呢。真想陪在你身边，帮你驱赶走所有那些讨厌的冠状病毒。

呆子，我永远和你在一起，我永远和你在一起。我会爱着你爱的一切，我会用我的生命来呵护上苍给予我们的相守……

每发出一封电子邮件，我的心就多一份渴求和期待，我把我的爱、勇气、信心都融在字里行间，希望它能够成为你战胜疾病的力量。

糖果甜

大门口摆着放进了母亲的棺材。村里的老人们正在那里把扁担捆扎到棺材上去，他们要把它运走，我知道要运往哪里。事已至此，我应该像姐姐那样放声大哭才行，但是我仿佛缺少忧伤的能力。父亲的声音像夜半饿狼的呼嚎，他的悲伤铺天盖地。可是我到底还是愚钝之极，不肯接受这个事实，我想这也许是一场噩梦，也许是我脑子里的想象。因为在这之前，经常有大人们恐吓小孩子：再不听话，就把你送到死人坡上去。事实上有些孩子不怕死人坡，经常在坟堆里跳来蹿去捉迷藏，我想那肯定是大人们的把戏。可是我没有做什么错事啊，想到这里，我走上前去摸了摸棺材。

“一边玩去吧！”一位与母亲很要好的邻居对我说，她的声音出奇的温柔，又略带嘶哑，几乎完全是一个陌生的声音，跟平常的大大咧咧大相径庭。我奇怪她声音的变化，愣在那里不肯动，随后，她递给我一颗水果糖。水果糖外的塑料纸是红色的，那时候我们正流行收集火柴盒、糖果纸以及一些好玩的东西。我的心情明显开朗了，我不再纠缠那口棺材，主动走到了屋角边，小心翼翼地剥开糖果，认真地舔起来。我在吃糖果时，仍然能够听到父亲以及一些我从来没有见过面的亲人们的哭声，但是嘴里的甜蜜让我忽视了此后必须严肃对待的局面。我父亲在棺材抬起来的一刹那，猛地挣脱人群，撞向棺材，嘴里嚷道：带我一起走吧！惊呼声从围观的人群中发出来，大家齐心协力将他控制住，我听见人们不停地对他说：还有孩子们呢，为孩子们想一想！

后来，我看着他们抬着棺材，撒着纸钱慢慢地上了山，父亲被两个身强力壮的邻居搀扶着跟随其后。我记得那天天气晴朗，阳光照在我的脸上，使我看得不够远，但我能感受到嘴里甜丝丝的味道。

那些场景虽然少，却一直保留在我的记忆里，并没有因为时间的流逝而有所冲淡。这一段闪着阳光的冰冷记忆，此刻却时不时地伴着我对你的极度思念频频涌上心头。这些回忆加上此刻的现实使我的感受变得古怪，加上接二连三的梦境，使我的痛苦变得像若干年的痛苦一样十分遥远。我知道我身处无益的悲观之中，从未有过的恐怖控制着我，使我陷于一种难以言传的境地之中。我不断地想象你平安归来，又不断地被可能出现的可怕结局吓出一身冷汗。不管我的心灵多么沉重，我却只能独自面对。我必须装出跟别人一样的心情，我不能让别人知道，否则我将会面临许多难以面对的问题。我怕别人会投来同情的目光，我害怕这种同情的目光。在我的母亲还没有死的时候，在我还不肯相信她会死的时候，就不断有同情的叹息在我耳边响起，它们像巨大的魔咒控制了局面，到最后，连我那不肯死的母亲也被它们蒙蔽了，最后她心甘情愿地躺下来了。我当然不能确信当时的事情就是这样的，但是我确信一旦我将你得了“非典”的事情公开之后，我将会得到数不胜数的同情，每一份同情其实都是一种残酷的论证，它传达着一种最悲惨的境况。当然我也不敢告诉任何人，我发现所有的欢声笑语之中隐藏的都是脆弱的灵魂。他们笑是因为他们的无知，他们不知道死亡将至，不知道情人一去不复返，不知道空气越来越不适宜生存，不知道自己将来老态龙钟时的寸步难行。正是这份无知，使空气变得如此轻浮、快活，也使一切有条不紊，使他们安静。

而我呢，只因为生离死别的危险，根本没有时间顾及其他。我没有心思做任何事情，没有任何东西能减轻痛苦，我走在人满为患的街道上感到孤独，在阳光明媚的天空下感到寒冷，在人人繁忙的时候漫无边际地徘徊。

我只能又给你写信——

呆子，我的姐姐回来了。那个曾经被我说成是模糊的姐姐现在却真实地站在我面前，我也发现虽然我们多年没见，而且她不和我喝一样的水也已经十多年，但是我仍然觉得她确实就是我的姐姐，她也就应该是这个样子。可是乍一看，她还真像一个大城市的贵妇人呢。可是她到底还是我的姐姐，她的言语之间有着许多我熟悉的东西，她的想法我也能一下子明白过来。现在我明白你为什么第一次听我讲话时说“是的，你应该就是这样的”。即便我知道她那经历太多的眼睛里有着许多陌生的东西，但是她身上有与我命运相通的地方。

有这样的感觉时，其实两个人已经相知多年了。

虽然这个姐姐仍然有许多我未知的故事，只能算是个素描的姐姐，再接下来，我会把对她的感觉毫无保留地告诉你。我相信，不管她是什么样的姐姐，你见到她后都会原谅她并且照顾她，因为在我看来，她所做的一切无非都是希望活得更好一些。当然，在你母亲听来，这肯定又是不能接受的品行。

我曾经一度忘记有过一个姐姐，她现在回来了，不管是因为什么原因，我都应该高兴，不是吗？

呆子，快快好吧！快快回来吧！我实在不敢想，如果没有你，没有爱情，这还算什么世界？我也想象不出来，没有你，我活着还有什么意义？是的，一切都因为你，一切都应该有你。

我相信我只要好好爱你，想着你，念着你，你就会好。回答我，呆子！

但是一连几天邮箱里没有你的信，手机上没有你的短信，这令我跌落的心又悬到了半空。

嫂子也开始变得紧张起来。美伊战事已经引不起她的兴趣了，大概关于战争的电视直播也已停掉，随着萨达姆的失踪，大家对这场扑朔迷离的战争也就失去了耐心，而“非典”正在成为这个城市的第一话题，再加上姐姐回来，带回来许多鲜为人知的消息。嫂子现在把洗手看成了生活中的一件大事。四月二十日下午，我刚从外面回来，她就开始很反常地大声说：“快，快去洗手，多洗几次。”

“怎么啦?”

“还要问啊，你没听到‘非典’已经到了许多地方了吗？我提醒你，赶紧让郅诚回来，那地方比北京还不安全。他什么时候回来?”

“不……确定。”

“你得让他早点儿回来，‘非典’太可怕了，那地方不安全。”

“是，知道了。”

我看看四周，房子还是那个房子，家具还是那些家具，“非典”还是一个词而已。我们与“非典”的距离还无从丈量具体尺度，只是和恐惧的距离一下子拉近了。对郅诚来说，“非典”是作为一种病毒入侵到了他的肉体里，为此他在抗争。但对于更多的人来说，非典是作为一个恐怖概念入侵到了人们的思维中，为此我们也不得不抗争。

嫂子忙着忙着好像想起什么来了，她跑到客厅里拿起电话就拨。一会儿，她对着话筒责问起来：“你还在喝酒啊？我听到你身边乱糟糟的。不是跟你说不要到公共场所去吗？特别是什么饭店的包厢，一点儿都不通风，那些客人又都是来自全国各地的，除了他们有钱没钱，其他的你了解不了啊……什么安全？不是广城人就安全？你想一想，你保证不接触病人，他们怎么保证？他们要坐飞机吧，要到宾馆去住吧，万一飞机上要是有病人呢？宾馆里全国各地什么人没有?”

嫂子的声音戛然而止，听得出，那边已经挂了电话……

小侄子方帅的脸上也罩着一个口罩，“小姑，快受蒙面大侠一剑！”他举起手上的塑料宝剑就上来了。

“戴着口罩不闷啊？快拿掉！”

“妈同意的。”小侄子对于母亲刚刚买回来的口罩倍感好奇，硬是要当场戴上。

“大姑呢？”

“哦，她到楼下散步去了。”

“一个人？”

“是啊，你要不要去找找她？”

“不了，我要睡了。”

“帮我整理一下厨房吧！你看，厨房里许多死角，脏死了。”嫂子说道。

正在这时，姐姐从外面进来了。

“你想一想，上海本来是安全的，如果他今天晚上招待的客人恰好是从北京或者广城去的呢？而他们自己身上正好有那种病毒，而自己又不知道呢？”一语即出，嫂子被自己的话也说得愣住了，她像醒悟过来似的看着大姐，大姐马上明白了，“你怀疑我有病毒？”

心事被看穿的嫂子不好意思地一笑，“你多心了，我没有那意思。”

“有那意思也没关系，有警惕心是好的，那样我才住着放心呢！”姐姐说。

就在这时，有人敲门，及时打破了这尴尬的气氛。

进来的是张亮，他送来了几袋板兰根，几盒罗红霉素，还有一袋包装精美的糖果。方帅眼尖，忍不住一阵欢呼，使张亮初次拜访的轻微难堪烟消云散。他那志得意满的神情我一见就感到头发胀，无名的恐惧感随着他日盛一日的气势开始像虫子一样往我的头上爬，一种类似于玻璃破碎的声音开始在脑子里爆裂，我感到脑子里嗡嗡作响，两个膝盖像被抽去了骨头似的发软。可是没有人发觉我的变化，我看到张亮的眼睛因为看到姐姐而变得亮光闪闪，我听到姐姐在自我介绍："我叫方澜，方帅的大姑。你是……"

张亮用焕然一新的口气说："我姓张，是楼下的邻居，我来给你们送点儿药，不成敬意。"

"谢谢，太感谢了！"

"没关系，非常时期嘛，大家都应该相互照顾着点儿。"说罢，他对姐姐微微一笑。姐姐的身上好像有磁铁似的把他吸引住了，我装着被电视上精彩的战争场面所吸引，对他点点头就不再说话了。他今天似乎和我心有灵犀，没有对我有任何表示，似乎忘记了之前对我说过的话与有过的行为。

"那就留下来吃晚饭吧，今天我掌勺。"嫂子客气地挽留。

"这多不好意思啊，我准备出去吃呢。"张亮客套着，可是人却已经坐了下来。

今天的姐姐又换了一身装束，她下身着一条绿色的牛仔裤，上身是一件紧身白色线衫，那修长的腿以及圆润的胸部都尽力地凸现出来，连我看了都有些震动。也许是卖服装时养成的习惯，使她对任何人哪怕是陌生人也能做到亲切有加，故作的矜持也掩饰不了热情的笑意，这时完全像一个主人那样说着话：“现在外面不太安全，尽量少出去吃的好。所以呀，你千万别客气，真的！”

“谢谢！”张亮说，“你是从北京来的吧，难怪跟我们小地方的人不一样。”

姐姐的眉毛一下子扬了起来：“哪里，过奖了。”姐姐下意识地伸手拢了拢头发。

人情就是这样易于沟通，姐姐得到夸奖，情绪马上变得高涨起来。显然她常常得到夸奖，而且男人对于女人的夸奖无非就是那样几句话，可是对于女人来说，每一次夸奖都是一个新的太阳。

“那么，以前来过吗？回来玩过没有？”

“以前一直很忙，没有时间来。”姐姐像个真正的大城市的姑娘那样轻声细语地答道，仿佛这样才对得起自己的美丽似的。

“那这次要好好游玩一下才对。”张亮说。

“可是，非常时期，哪有这个心思啊！”姐姐矜持地微笑着。

“非常时期才好啊，大家都躲着不敢出门，风景名胜肯定没有人。不是有一名言吗？最危险的地方就是最安全的地方！”

姐姐被他逗笑了，咯咯地笑出了声，矜持隐去却又有了一种天真开朗的风韵。她的笑声传染给了空气，空气把她的笑声输进了张亮的耳朵里，他惊异地脱口而出：“你们两个一点儿也不一样！”

“不一样？”姐姐睁大眼睛反问，“不过大几岁罢了！”

张亮顿时紧张地站了起来：“不不，我不是这个意思，你不老……我的意思……你比她活泼，你比她开朗，方容太内向了！”

姐姐看到他那不知所措的样子，又微微地笑了：“我明白你的意思。”

她未必真明白，她这么说显然是为了消除他的紧张感。

接下来，张亮谈到宁城的胜景，谈到他对于这座城市的印象，他竭力推荐姐姐到各处看看，他说：“虽然你是大城市来的，大城市固然好，可小城市也自有妙处呢。凭我的经验，各个城市的文化不同，导致每个城市的风土人情都不一样，所以，别看宁城小，也很有味道呢！可欣赏的地方也不少。”

他的话说得彬彬有礼，很有见地，姐姐显然被他的话题吸引了。接下来，他们开始交流对城市的心得，姐姐称：“农村是个肮脏的地方。”

张亮说：“你不适合生活在农村。”

“难道还有适合在农村的人吗？”姐姐问。

“当然。有些女孩子，天生会打扮，穿什么都好看，说起话来有教养，长得又漂亮，当然就适合在城市，比如你。”

姐姐显然很认同，共同的话题使他们神采奕奕，口若悬河，听得我和嫂子一愣一愣的，根本没有说话的余地。

我本来还可以再听一听的，可是好心的方帅把一颗糖果递到了我的手上，我似乎又闻到了从母亲的棺材板上发出来的死亡气息。我感到恐惧。笑言欢语更使我恐惧，我摇晃着站起身，去了一趟卫生间，然后悄然进了自己的房间。

终于张亮告辞而去，姐姐满面春光地进来了。

“这个人很有意思嘛，你们早就认识了吧?”她问我。

“当然，他在楼下住好几年了。”

“看他这样子，这段时间挣了不少钱。”

“是吗?”我心不在焉地说。

“唉。”姐姐长长地叹了一口气，像是对刚才的场景意犹未尽的一种遗憾，“看他今天晚上的表现，好像对我有点儿意思哦。”

“是的。”可是我没有兴趣，“我想早点儿睡了。”

“哎呀，我也想早点儿睡来着，可是现在脑子里很乱。”

姐姐躺下后我顺势关了灯，黑暗也许可以掩饰我的伤心，可是姐姐仍然滔滔不绝：“他说他还没有对象，你嫂子冯春也证实了这点，如果是真的话，也许我是可能考虑一下的，你会不会觉得唐突呢?”

“考虑什么?”我过了半天才跟上了她的思维。

“你又缺氧啦。你知道吗，你小时候就经常这样，别人跟你说话说得一本正经，可是你根本没在听，可还是会做出在听的样子。你看我还记得你小时候的事吧。”

“那么，为什么没有回来看我呢?”

“你也知道，这叫身不由己。一开始想立住脚，再后来，想成个家，成了家后又过不上安心的日子，没有一天安宁，所以一直没回来看你。其实也常常想你来着，想你小时候那傻样儿，一直放心不下的。”

我的眼泪无声地滑落下来，差点儿就要把内心的隐痛告诉她了，可是她的话题早就往前去了：“现在我离了婚，房子也没了，但我也想得通。我能够有今天，也算不错了。想想刚去北京那会儿，特别无知，什么都不懂，走在街上动不动就害怕被公安抓了去。虽然嫁给罗锅太委屈自己，可到底也是一步登天了。那种骄傲感，也算是一种幸福吧。现在想起来，比起真正的幸福，那实在不算什么，要是重新选择一回，就不那么傻了，可是后悔是来不及了，我的青春，我的处女时光都不见了……”

然后她睡着了，留下我一个人在黑暗里。

无论多少应该或者不应该发生的故事都不能阻止噩梦继续。仿佛也就是从那一天起，所有的人，领导、同事、朋友、亲人、陌生人，凡是一切可以开口说话的人都在说着一件事——“非典”!

在我把你的病当成一个巨大的秘密自己在心里独自吞咽时，我发现我是满怀信心和期待的，可是当所有的人都参与进来，用各种各样的态度形成了一个强大的氛围时，我的信心也就在他们的信口开河和夸大其词中坍塌了。我几乎一有时间就打开电脑，查看新闻，几乎每一次打开邮箱，我都会在心中乞求着：呆子！呆子！请你发消息给我，求你，求你!

可是你连续七天没有消息了。

躲回家里也难得清静。张亮又来访了，他这回带过来的不仅有糖果，还有一辆电动玩具车，方帅几乎都要扑上去了。姐姐像是料到他要来，料到会看到他万分殷勤的目光，她说不出道理来，只觉得非常受用，如果是我，也会受用，所以一眼就看得出她的等待，好像早有约定。她早早地打扮一新，衣着华贵，妆也化得恰到好处。她做出矜持的微笑，使女性的柔媚尽现无余。

我对他们说我要出去走走就出了门。我顺着马路不断地往前走。那天晚上天气异乎寻常的闷，尽管有风不断吹过，可是始终吹不到我那被火烤干了的心里去。我就这样一直走了很远很远，直到筋疲力尽时才找了个小吃店坐了下来。其实我不需要吃什么，我只需要有张带靠背的椅子坐一坐，我觉得我快死了。

我坐下来等候的时候，才发现这个原来十分红火的面馆今天竟然只有我一个客人。我看到四五个服务员无精打采地东站一个，西靠一个，正百无聊赖地聊天。

我受不了这样的气氛，重新出了门。

回到家门口时，已经是深夜十一点多钟，往日这时仍然洞开着的门今天早早关上了。几个保安正在往墙上的公告栏里抹胶水，不一会儿在公告栏及许多显眼的地方都看到了如何防治“非典”的招贴画。从这些招贴画中可以看出一种紧张局势正在形成。虽然还并没有什么实质性的措施，但是这多多少少迎合了人们了解和证实“非典”的愿望。

一进房门，姐姐就招呼我：“小容，你看我明天穿什么合适？”

我没有回答。

“不管怎么样，我已经不年轻了，脸上都有皱纹了。张亮说得对，三十岁的女人具有小姑娘所没有的风韵，我想也是的，而且我见过世面。”她在镜子前做了几个造型后把目光对准了我，“小可怜，想男朋友了？”

我惊慌地摇摇头。姐姐又笑了，显然她并不在意我的反应，

“刚才我骗他说要回北京，他马上就紧张了，很伤心失望的样子，过了半天才结结巴巴地说‘我也到北京去’。我实在忍不住不笑，他以为他是谁，在这儿过得是很风光，可是手上这点儿钱到了北京还是贫下中农，他还计划买什么样的房子、什么样的车呢！他呀，到底没见过世面。”姐姐说完，回过头来看着我。

我说：“是的。”

“不过，”她叹了口气，“北京是是非之地啊，待久了，人的眼光就会高得离谱。好女人多得是，哪有几个男人会像张亮这样对着我献殷勤，把我看成女皇似的？‘非典’到处流传，好多单位效益不好，现在工作也难找，像我这样过了三十岁又没有什么文凭技术的，靠自己去挣钱养活自己实在是吃力得很。”她说完就用眼睛探问我，让我必须做出回答。我说：“非常时期，你想那么多做什么？”

她把眉头一挑，“正因为是非常时期，才有这样的机会。你说我不应该考虑这些问题？一个女人如果没有感情生活那还叫女人吗？既然我在别处受了欺骗，就应该在其他地方得到弥补。当然，我也不是水性杨花，而是机会找上门来了。”

就在那天晚上，姐姐说了和那个大堂经理许杰的爱情故事：“我第一次见到他，是到他的宾馆找一个熟人，他走上来跟我打招呼，称呼我女士，问我有什么需要。我当时就被他的风度给镇住了。我本来也算是伶牙俐齿，可是突然脸都红了，变得笨嘴笨舌，说不出话来。他让我不要急，有话慢慢说，而我呢，却忘记自己是来干什么的了。他耐心地让我慢慢想，没事儿。回去以后我就一直想着他的模样，想着他多情的眼睛，怎么也不能平静，想象着也许我们有再见的一天。

“从那天开始我就喜欢到他那个地方走动走动，很巧的是，我每次路过他们宾馆的时候都能碰到他站在门口。这样几次之后，他像是明白了我的心事，后来有一天他主动上来跟我搭话，问我是哪儿的人，在哪儿工作，结婚了没有，净是些闲话，可是说得就是投机。我也知道了他不是北京人，先前的那层自卑感一下子就没了，一来二去，我们就都有了好感。一开始我瞒着他结婚的事，更不想让他知道我的丈夫是个罗锅，我怕他认为我是爱慕虚荣的女孩子，也怕他伤心，只是偶尔试探了几次，讲一些诸如我已经结了婚而且不幸福之类的话，问他怎么看。他就会说：纯洁的不一定非得是处女，许多姑娘比小媳妇还风骚，还有虽然有些人出身不高贵，却品德高尚，性情善良，而那些自以为是的城里人才是最应该被轻视的。你瞧，这些话说到我心里去了。我接下来问他，如果一个人生活得不幸福，应当怎么办呢？那当然是寻找幸福去了。他的话说得很公正，我也很爱听，可是他到底还是看出了门道，知道了我的事，难得的是他没有怪我，也没有像我想象的那样受到打击，他做出很理解人的样子，我都感动得要哭了，其实当时哪知道他是个那么有心机的人呢！

“本来我是风风火火的人，可是一见到他就整个儿全变了，穿着打扮也喜欢高贵大方的调子了。有一次我在吆喝着卖服装的时候，他去找我，我看着他风度翩翩的样子，再看看自己一天到晚对客人赔笑脸的傻样儿，恨不得找个地洞钻进去。从那以后我就不卖衣服了，我这样做就是为了配得上他那腰板挺拔的模样儿。真令人着迷啊。我觉得找着真正的爱情了，于是就死命要求离婚，起先罗锅不肯，我提出房子、钱一样不要才了结了这桩麻烦事。

“我和罗锅离婚后，就租了一个房子和他住在了一起。那段日子可真叫幸福啊！我们经常成双成对地在护城河边散步。我们男才女貌，引来许多人看我们，我可不害羞，想到以前跟罗锅出门那抬不起头来的日子，就恨不得跟许杰把整个北京城都逛下来，这样才能让我平衡。我是准备和他白头到老来着，可是不到半年，我就发现他晚上常常很晚才回来，而且从来不提结婚的事儿。有一天晚上我看到他和一个长得像水桶似的姑娘走在街上，我还以为是普通的熟人，回来就开玩笑说：是新找的女朋友吗？他居然认真地点着头说是的。我一听气得说不出话了，感到太荒唐了。我说那我算什么呀，他说当然算情人了。我说我不做情人，我要做你老婆。他居然说，老婆有什么好，现在情人比老婆有地位，这个你是知道的。我说我都因为你离婚了。他却说，对啊，你觉得委屈就再结嘛！我没有意见的。我说你不是叫我要有追求幸福的勇气吗，他说对呀，我们在一起很幸福啊。我被他的话搞得晕头转向，他还像没事人似的在照镜子理头发，我气得给了他一个嘴巴子，他也不还手，却像看猴子似的看着我。他说：你自己不也是为了在这儿立住脚才找那么个男人结婚，我当然也想找城里姑娘，我觉得咱俩是一路人才和你搞在一起的。并且他说，以后你要保守秘密，我们的关系才长久，否则让那胖妞儿知道了，我们就玩完了。

“我哪里肯就这样放弃呢？想了许多办法也没能让他回心转意，包括偷偷地怀了他的孩子。实在受不了了，我就去找胖姑娘摊牌，胖姑娘倒是爽快，一个电话就和他吹了，可是当天晚上他就和我一刀两断了。他最后还郑重地对我说：理智点儿，你的小性子得改一改了。好像没有廉耻的倒是我一样，说完就摔门而去。

“我也知道，正因为和罗锅在一起耗费的那几年，青春虚度，使我感到十分不平衡，产生了一种严重的失落感，使我后来把爱情看得过重，可是又太不现实了，才受了这么重的伤，往后我再也不这么没理智了。”

姐姐跨越了她自己的历史，可是她自己毫无察觉，她对自己的生活毫无概念，虽然她得到了一些，可是她并不知道自己真正需要什么。

当我这么跟她说时，她睁大眼睛看着我，她让我重复一遍。可是我已经记不清了，我说睡吧，然后就闭上了眼睛。我在心里对自己说：进入梦里吧，到梦里去见你，去帮你。我就是怀着这样的愿望进入了睡眠的深处。果然，我再一次见到了你。我看到了你，隔着没有门的玻璃，我看到了关在屋子里的你。你仿佛什么也看不到，什么也感觉不到，你的模样让我的心都为之破碎。我喊着你的名字，可是你好像一点儿反应都没有。我想起什么似的，向着四周不停地寻找医生，我乞求他们让我进去，也乞求他们救救你放你出来，可是他们的神情非常模糊，他们说的话我也听不清，我只好回过头来继续看着你，我想向你走近，可是却找不着一条路。我贴着玻璃墙四处转圈，可最终我转来转去都还是玻璃。随即我迷失了方向，我好像进入了空空无物的荒野，听到风的吼声，听到了狼的嚎叫。我感到寒冷。

然后我醒了。姐姐在我身边酣然入睡，无知无觉。

我第二次要去找你的念头清晰地产生了，我决定现在就动身，不听任何人的劝告，不让自己有犹豫的可能。我知道我的承受能力到了最低的限度，我开始收拾起几件简单的行李，揣了一些现金和信用卡。此时电话铃突然响了起来，我一愣，赶紧拿起电话，传来的是你母亲的声音：“方容，你来一趟吧，我有话问你！”

那声音里传来的分明是绝望的呻吟，是一个母亲变了形的爱。我没有犹豫，对着电话说：“我马上就来，伯母！”

我收拾好一些简单的衣物，对睡眼惺忪的姐姐打了一个招呼，“我出去一下。”马上就拉开了门。

母　亲

出门的时候路上下起了雨，我孤零零地拖着已经走了很久的腿，朝着我要去的地方走。在雨中，周围模糊不清，街道空无一人，偶然有一辆自行车或一辆汽车从身边驰过，没有发出什么能引起侧目的声音，风雨是整个世界唯一的声音。哦，不，我内心的呼喊才是我听到的最真实的声音。我的呼喊从自己的体内传出，可是稠密的雨叫我睁不开眼睛。路上的路灯一盏盏亮着，一分光亮一分绝望，渗透到我心里。我的灵魂在瑟瑟发抖，我感受到我所要面对的是重重包围和难以摆脱的噩梦以及无路可退。

从我家走到你们家，我花了将近一个小时，晚上十一点钟到达了你的家。电梯已经停运了，我上楼的时候，看到自己的脚踩过的地方立即印出一只只清晰的鞋印，我的头发上、裤管上还滴着雨水。走到门口时，发现门敞开着，我从门外看进去，你母亲，苍老的母亲，憔悴的母亲，佝偻着背的母亲，神情绝望的母亲，她就坐在我上次走时她坐的那个地方。我顿时产生一种错觉，她就是在这儿坐了三四天没有动身。我放下手中的行李，可是在我准备开始告诉她我去找你时，她开口了：“方容，你觉得还有瞒着我的必要吗？”

“伯母，我不懂。”

“你怎么不懂？你以前瞒着我，那是你的善良，可你现在不能再隐瞒了，否则你就把我当成弱智了。”

“伯母，我真的不懂。”我的眼神开始躲闪。

“昨天我打电话到郅诚的单位，他们帮我查了，郅诚有半个月没有去上课了，这说明他已经出事了！”

“没有吧。”气氛已经显得很寂寞了，这种谈话真是受罪，我的抵抗也显得苍白无力，我的思绪不停地往外飘，一如屋外飘浮的风和雨。

“说吧，我受得住。”

“伯母……”

“那你说吧！”她的眼睛不再是那么冷若冰霜，相反，充满了等待的焦灼。我知道那是一个母亲的眼睛啊，可是我真的开不了口，我答应过你啊！

“其实我早就预感到了，现在到处都是传闻，到处都在宣传，广城一开始就不安全，我应该早就预料到的。你这段时间瘦得这么厉害，我也应该想得到，可惜我是老糊涂了，一直以为这是你的问题。”

她下了结论，她不再要求我开口，她的脸色开始发白，头上不断有汗往外冒。我惊住了，赶紧上前，“伯母，你怎么了？”

“那么，我说对了？”

“伯母，情况没有您想的那么严重。”

“他现在怎么样？”

“病情稳定下来了。”

“你说实话，你最后一次跟他联系是什么时候？”

“四天前。”

“他打电话了吗？”

“没有，是电子邮件和手机短信。”

“如果病情真的稳定下来，应该可以打个电话回来。”她慢慢地靠着沙发斜躺下来，然后，她的眉头开始紧锁，双目紧闭，呼吸急促，脖子突然僵在那里，一只手捂住胸口，一动不动。

“伯母，你怎么了？”

老太太指了指沙发边上的柜子，我一眼看到了一瓶治疗心脏病的药，赶紧拿过来，倒出几粒，放到老太太嘴里，然后又去厨房倒水。我轻轻地捧住老太太的头，让她躺得舒服些，然后我赶紧拿起桌上的电话，正要拨打急救电话，老太太微微睁开了眼睛，冲我摆了摆手，然后又把眼睛闭上，过了好久，她的脸色慢慢恢复原来的颜色，呼吸也平缓了许多。

她再度睁开眼睛时，也许是药片使她感到困乏，她冲着我摆了摆手，示意我可以走了。

我稳了稳自己的情绪然后告诉她：“伯母，我不是有意瞒您的，这也是郅诚的意思。伯母，我马上要到广城去，我一定去把郅诚带回来，交到您的手上，您就放心吧。等到他回来的那一天，如果您还是那么讨厌我，我会从他面前消失。”

我用不容置疑的口气说完后，把老太太扶进了房间。打了水，帮老太太擦洗后，为她盖上了被子。老太太第一次没有表示反对，而且合上了眼睛。我观察了一会儿，然后自己回到了客厅里，坐在沙发上。呆子，只要你平安回来，其他的一切都不重要，都不重要。我听到自己体内的声音，也听到自己体内的哽咽。我时不时走到老太太房里去看看，到凌晨两点多钟时，老太太神色再度出现异常，呼吸开始急促起来，在睡梦中发出呻吟。她的双手紧紧地按住胸部，用一种反常的声音呼吸。我开始以为她在哭泣，因为这哭泣很像我父亲喝醉酒时发出的呜咽。但是我很快发现她面如白纸，表情僵硬，我伸手去摸摸她的脸，她的脸颊冷若冰霜，我紧张得透不过气来。我意识到情形不对，强令自己稳了稳神，然后拿来床头柜上的药，送到她的嘴里，但是她并没有像几个小时前那样恢复正常，而是全身开始抽搐，嘴角还有泡沫一样的东西流出来。我毫不迟疑地拨打了 120 急救电话，二十分钟后，她被推进了抢救室。

在抢救室外，我打了电话给嫂子，让她送钱过来。十分钟后，张亮和姐姐出现在我面前，“小容，钱送来了，到底怎么回事?”

“对不起，深更半夜惊动你们。”

“没事没事，把单子给我，我来交住院费。”张亮一副自己人的表情。

“谢谢!”我看着张亮的眼睛。

“唉，没事！是你婆婆吗？怎么会突然发病呢？不过不用担心，我认识这儿的医生，我马上去打个招呼，他们肯定会尽力的，你放心吧。”

“别担心，小容，我们会替你分担的。”姐姐搂住我，同时发现了我身体在不停地抖动，“你怎么啦？你身体也不舒服？”

“没有关系，我可能有点紧张。你们回吧，我来照顾她。”

“我们陪你吧，等她脱离危险我们再走不迟。”

你的母亲一个小时以后才被推出抢救室，她的手臂上打着点滴，鼻子里插着氧气管，她的眉头紧锁，但神志并不清醒。医生说她的情况还不稳定，主要是遭到外部刺激太大而引发了心肌梗塞。

我把你母亲安排到了十二楼的老干部病房，我想让她受到最好的照顾。面对张亮和姐姐的疑惑，我没有告诉他们你母亲遭受到了什么样的刺激。

护士走后，我让张亮和姐姐先回去睡一觉，姐姐不肯走，张亮也愿意留下来。他跑到外面买了几瓶水，病房太小，他不敢在病人面前说话，就用手捅捅姐姐，姐姐从病床这边伸手去接，没想到床到底宽了点儿，她伸手时差点儿失去重心，跌到老太太的床上，张亮眼疾手快，赶紧伸出胳膊撑住了她，两个人于是都脸有些红红地立在那里。我赶紧背过身去，装着没有看见。

那几天，张亮包揽了所有的事，到楼下付款处交押金，买纸巾，给我送饭，夜里帮我看护病人，他的手机也调成了震动，还索性穿了塑料拖鞋，进进出出一点儿声音都没有。

我让他们都走，可是姐姐在，他走了不到一刻钟就回来了，还买了些精致贵重的点心带上来。

姐姐守了几天，老太太的病情稳定后她才回去。她一走，张亮先前说好天天来照顾的话一下子作废了。不管他们来还是不来，我都寸步不离地守在你母亲的床边，我一直看着静脉注射的药水一滴一滴地淌进她的血管。她终于醒了，她在喊你的名字。她的声音虚弱但吐字清晰，她要求你回来，她说她的心已经碎了。我跪在她的床边，见她烧得呼吸急促，微微呻吟。我用脸贴住她的脸，轻声安慰她，直到她睡着。在她睡着之后，我静静地看着她，我第一次发现她与你是如此相像。你们眉目之间的神情，你们的气质都是那么相像，我闻到了她高热散发的一种气息，那种气息也跟你的那么相像。我在她熟睡后轻轻揭开她的面纱，我发现她是如此弱小而无助，她的额头上都是沧桑的痕迹……

我开始小心地照顾她，为她擦洗，为她按摩，喂她喝水，扶她上厕所，剩下的时间就一直守护在她身边，困了就趴在她床边眯一会儿。我注意她的一举一动，注意她的血压，观察她的各种化验指标，遇到反常的情况就不断地跑去找护士。我不忙活的时候，就握住她的手。她在熟睡中深深地呼吸，紧紧地攥着我的手。整整三天以后，她清醒过来，她清楚地知道我为她所做的一切，因为她把眼泪滴到了我的手臂上。她再度清醒后，就成了我的母亲。

她让我打开电视，她的手始终不离摇控器，锁定每一个与“非典”有关的新闻。

她最关心的是每天下午卫生部新闻办公室通报的全国内地

“非典”疫情。但是我相信她是记不住的，因为接下来，她会问我：

“广城今天发了多少？”

“十五例。”

“那么，今天死亡多少？”

“没有死亡人数。”

“可信吗？”

“可信的。”

当她问过后，会闭上眼睛。亲爱的，我很害怕，我去找医生，我说这电视机也许对她不好，医生借着查房的名义过来看了看说：“不让她看也许更不好。”

我承认我那时又没有过多地想你，我所想到的就是怎么样让她尽早恢复。事实上她的情况并不好，她不停地变换着躺的姿势，短短两天就瘦得脸颊凹陷。我小心地站在一旁，随时准备着把她重新送到抢救室。

我说：“伯母，喝点水吧。”

我说：“伯母，要不要坐起来一会儿？”

她说：“不用。”口气还是有点儿生硬。

她说：“你回去休息吧。”

“不，我不离开您。”

“他有消息吗？”

“应该有，可是我没有回去看邮箱，手机也没电了。”

“你怎么这么傻，万一他找你了呢？他打家里的电话没有人接，你的手机又没有电，他会担心啊！”

“好，我这就回去，我看看就来。”

“不要这么急，我没事，你回去好好睡一觉吧。”

我听到的是一位母亲的关怀，我想我们终于可以得到她的认可了，我很想把这个好消息告诉你。

我刚进家门，小侄子就从客厅里跑过来欢呼：“小姑回来了，小姑回来了！”嫂子急忙从房间里奔出来，一把拉开方帅，她的表情有些僵硬，一副不知所措的样子，站在离我一米远的地方，“你……回来啦！”

我点点头。

“你没有什么不舒服吧？”

“我没有啊！”我立刻明白她的意思了，我告诉她，“我婆婆住在十二楼，那一层一般人上不去，我们这两天几乎没接触到什么人。再说，市中医院不是收治‘非典’病人的专业医院，不会有‘非典’病人上那儿去的。”

“郅诚从广城回来了吗？”

“没有。”

“他要是回来，要先隔离的啊！”

“我知道。如果你怕我有危险的话，我充充手机电池就走。”

“小容，你不要误会啊！你知道，我的压力也很大。本来我应该到医院去看看你婆婆，可是外面传得这么凶，宁城也有了，随时随地都有可能被感染。我自己倒是不怕，主要是你的侄子还小。”

“是的，我知道。”

“你大姐从北京来的，不知道怎么回事，居委会知道了，也上门来量体温，详细了解她的情况。这不，她今天住到宾馆去了。”

恐惧已经把我们牢牢地控制住了，它写在每个人的脸上，弥漫在空气里。

我怔怔地站在那里，闻到客厅里一股消毒水的味儿，比医院的更刺鼻，更难以忍受。

我很自觉地说：“从明天开始，我天天晚上迟一点儿回来，我回来时会戴上口罩的。”我被允许进门，然后我打电话给姐姐，姐姐正在宾馆看电视，我听见她把电视机关掉时用的力量，我感觉到她的烦躁，她说下一个就是轮到我被扫地出门了。

“她只是太多心了。”

“那也没有必要怀疑我有病啊。我要是有，早就发作了。”

“你现在好吗？”

“还好，有人陪我。”

“谁？”

“张亮啊，没有什么不好吧！”

我愣了一下，不知是喜是忧。

在妈妈住院的开头几天，一个是责任另一个是热心，张亮和姐姐在医院有了更多接触的机会，回到家后的交流也是接触的理由。他一下子变得特别慷慨大方，每天总要送两三次好吃的给方帅，方帅也变得和他格外亲近。

姐姐说：“方帅，你长大了不能当官，你要当官，肯定是非不分，只认糖果。”

嫂子就埋怨姐姐说：“什么是非不分呢？方帅出世没几天就看到过张亮叔叔，早就知道他是好人。”

姐姐是因为我的关系才接触了张亮，但是嫂子和方帅却因为糖果的关系而亲近了张亮，张亮在那几天开始大摇大摆地上楼小坐了。他在小坐的间隔偶尔也接接电话，打打电话。他雇用了一位刚从乡下来的小伙子替他到处送货，签合同，他只是在别人的客厅里用电话发布一下旨意，顺便查一下款子有没有到账即可。他的这种工作方式令姐姐耳目一新，这使她忽略了去了解这个男人的其他方面，他们的聊天因为生意的兴隆而兴致倍增。到后来，张亮就将自己的财政状况全盘托出，毫无保留，这更增加了姐姐对他的好感。话虽如此，姐姐当然也看到了张亮那短粗的腿以及挺不直的腰板，但是嫂子对于姐姐的突然发难，使事情有了根本性突破。张亮的竭力赞美抬高了姐姐的地位，所以嫂子的黑脸，使她初来时的骄傲倍受打击，她顿时从大城市来的公主变成了无家可归的人。张亮丝毫没有迟疑，招了辆出租车就将姐姐送到了宾馆，并用自己的身份证登记，当然，住宿费也顺便交了。

原本不相干的两个人就这样成了亲密伙伴。

趁着这个机会，张亮把话题引到了自己想谈的问题上，“你知道吗，这几天虽然‘非典’搞得人心惶惶，可是我却感到从没有过的愉快。”

“赚了不少钱?”姐姐问。

“你就这样想我?”

“那为什么?”姐姐的声音马上从轻快变成了柔和。

“当然是因为我遇上了你。”姐姐的声音无疑是一种鼓励，他说，“从见到你的那天晚上开始，我就知道我的生活马上要有所不同了。”

“我比你大，而且离过婚。”

“那有什么关系？对我来说，这不算什么。”

“真的不算什么?”

“当然，爱情最重要。”

“我得想一想。”

张亮还以为她被自卑控制住了，“我对你就是一见钟情，我认定你了，不管你有没有结过婚，我一定要娶你。”

姐姐抬起头看着他，看到他新买的笔挺西装，看到他腰上挂着的汽车遥控器，看到他真诚的目光，她被感动了。她知道面前站着的不是身体有缺陷的城市人，不是仅靠外表就能迷惑女人的小白脸，而是一个实实在在的有钱人，一个事业蒸蒸日上的商人。她感到了一股奇妙的满足感，知道这正是自己想要的一切。她的脸色慢慢红了起来。

她含情脉脉地看着他，默许了他的爱情。

我又打开电脑，正如我预料的一样，没有你的消息，可是我很平静，没有前几天那种惶惶不安的感觉，我坐下来给你写了信：

呆子：

已经七天没有你的消息了，我相信你已有好转，但可能医院有了新的规定，要不就是网络发生了问题。你知道吗，有一个好消息要告诉你，你母亲现在对我态度好多了，已经不像以前那样排斥我，你说，这算不算好消息？

我现在天天陪着她，陪她看电视，照顾好她的伙食。你相信吗，我们的关系融洽极了。

我不知道你的病房有没有电视机。你可不可以看到新闻？可不可以了解到外面的情况？

呆子，宁城这几天一直下雨，那雨点的声音就像锣鼓的声音，不，像孩子的哭泣。外面的狗叫了。你还记得我们一起在山上看到一条被丢弃的小狗的情形吗？它叫得那么凄惨。当时我没有太多的时间去照顾一条小狗，我还怕嫂子不高兴，因为这些想法，一念之差，我没有带回那只小狗，呆子，我现在有些后悔……

你放心，我很好。我也知道你正在恢复，这是肯定的。我希望你能打个电话给我，我和你母亲，不，咱们的母亲，如果她听到你的声音，她会非常高兴的，不是吗？

写完信后我洗了个澡就出了门，出门第一件事是买口罩，我想我下次回来一定要记住戴上口罩。可是我跑了四个药店仍然没有买到，到了第五个药店，当我打听有没有口罩时，服务员看了我一眼，问我："急着要吗？"

"当然。"我说。

"我可以让几个给你，但是价格很高，怕你不能接受。"

"多少钱？"

"十块一只。"

“给我两只吧。”

这时另一个服务员走上来说：“不是药店卖给你的啊，是她个人让给你的，你可要记住啊！”

对这小小的伎俩，我面无表情地点了点头。

我赶到医院时，发现母亲的病床边围了许多医护人员。她刚刚又出现了反常现象。医生建议她不要再看电视，可是她的态度非常恶劣，她铁青着脸，让医生不要限制她的自由，医生们显然不知道她所关心的是与自己儿子息息相关的事情，只认为她不配合治疗。

我对医生说，我要和她单独谈谈。医生走后，我坐在她床前，对她说：“妈妈，我理解你的心情，我这么多天都是这么过来的。可是就算我们把自己毁掉，也不能解决他的问题，他的问题要靠医生解决。”

她没有接腔，过了一会儿说：“我什么时候能出院？”

“我不清楚，得由您自己的恢复情况决定。”

“我要去广城看他。”

“您放心吧，您病情一稳定，我就去看他，我不会不管他的。”

就在此时，我拿在手上的手机突然发出了一声尖叫，像世界苏醒后的震动声，我们都被吓了一跳。我想一定是你的信息，一看果然是你的：“阿容，我很好，这几天恢复得很快，但是需要静养，放心吧。照顾好妈妈！”

我惊喜地对妈妈说：“看，是他的，是他刚刚发来的，他正在恢复，让我们放心，让我照顾好您。”

我发现自己的手指在抖动，我发现妈妈的手指也在抖动，我对她说："不要激动，您不能太激动，您要冷静。"

她说："我当然冷静，我没有什么。"

我拿走手机，把它放到电视机旁的柜子里。我坐到床头，这才发现自己很渴，于是给自己和妈妈每人倒了一杯水。我喝水的时侯觉得手上空空的，才发现手机不在手上。亲爱的，我的手机其实已经被我握在手上十几天了，无论我走到哪里，它都在我手上！我吃饭、服侍妈妈、睡觉时，做一切事的时候手机都在我手上。

过了一会儿妈妈又问我："他为什么没打电话来?"

"医院有规定。"

"不是，是他还没有脱离危险。"

我又不能说话了，我想她是对的。

她说："要不你打个电话给他，告诉他我们都好。"

我拨出了你的电话，事实上我早就打过无数次了，可是你的手机永远是关机。

妈妈说："这说明他的情况并不太好，否则是可以通电话的。"

她的话又把我们拖进了黑夜，虽然窗户外面很亮。

接下来她问我："住院费用的事呢?"

"我已经缴了。"

"不是说我的，是他的。"她的声调又开始提高，为我的迟钝而恼怒。

"这个您不用担心，国家有了规定，各级享受公费医疗的人员，他们的医疗费用，由用人单位与医疗机构进行结算，资金按原渠道解决，个人不负担。属于个人生活服务类中的伙食费由单位负担。超过医疗保险支付标准的部分，由社会医疗救助资金支付。”

“他能吃饭吗？”

“睡着的时候他还感到痛苦吗？”

她这么问真是为难我，我不知道。

于是她再次要求打开电视机，“电视上有这些情况。”

电视上不断有对专家学者的采访，有对医院病房内的采访，于是我们就睁大眼睛，希望某个可以接受采访的病人是你。

我不清楚你在那几天到底想了些什么。你想到你站在信用社门口鼓足勇气朝我看去的时光了吗？你想起了你们母子一起到市政府大院收拾你父亲遗物时的情景了吗？你想到我们曾经去看过的一望无际的大海了吗？你想过我初次微笑时击中你的那道霞光了吗？

接下来你的邮件非常有规律地到达我的邮箱，这使我们的心跳恢复到了应有的频率。你接下来的每一封电子邮件我都会一字不漏地背给她听，这使我们的心贴得更紧。

依　偎

整个四月下旬，妈妈的情况都十分不稳定，每天打着点滴，有时还需要氧气，但是她始终握着遥控器，有时我想关掉电视，她却说："不，现在的新闻应该都是真的。"

然后她让我去找医生。医生找来后，她彬彬有礼地说："我想知道一些关于新发生的'非典'的发病及治疗的情况，当然越多越好。"

年轻的医生以为她要问关于心脏方面的事，一时之间没有准备，他结结巴巴地说："'非典'来自于果子狸，但这仅仅是猜测，因为我们还不能确定。所以我们还没有找到彻底制伏它的药物，也不清楚它的起源以及病毒的传染规律。"

"心脏病也没有彻底解决的办法，犯的频率还非常高，到了我这个年纪，每一次发作都可能有生命危险。我想知道这种病的发病人群是哪些人居多？"

年轻的医生想表现一下自己的幽默，"到目前为止还是以中青年为多，您老放心，您在这儿是最安全的。”

妈妈当时就把脸一放，“你认为我问你这些问题是因为我怕死吗？”

年轻的医生当时脸就红了。妈妈摆摆手，示意他可以走了。

然后她开始沉默。

“发病是以中青年为多，但病死率却不是，基本上都是有基础病的人，虽然没有表明有特效的药物，可不是所有的人都死了啊，最近就有报道说，有一部分患者已经出院了，病死率也只有 7%左右。”我轻轻地说。

妈妈把头转过来，她看着我足足有二三十秒钟，然后轻声地说：“你相信？”

“我相信。”我点点头，“我相信他会好起来。”

于是她微微地笑了，这是我认识她一年多来第一次看到她的笑容。

那天下午，她的状态不错，心情也不错，于是跟我谈起你：“他小时候想做一名教师呢，我于是就鼓励他，首先得要有好的口才，好的口才应当是不断训练的结果。他听了表示有决心，正好班上搞演讲比赛，他就报了名。在比赛前他准备得十分充足，他说：‘妈妈，我把演讲稿倒背一遍给你听听怎么样？’表演那天我也去捧场了，他上台时样子也是雄纠纠的，结果呢，你猜怎么着，他站到台上，大声地说：‘我演讲的题目是——’然后就不做声了。头几秒钟，大家以为这是他的手段，可是这一停就停了三十多秒。他傻傻地看着教室里的同学，样子比哭还难受。随后，他跑出了教室，老师和同学们都很惊讶。我于是追出去，才发现他已经一口气跑回家，缩在家门口了。他后来跟我解释说：‘一股暖流从我的裤管里流下。’当他明白是自己尿了裤子时就不顾一切地跑出了教室。打那以后，他不肯上学，我把他送到学校门口，他不敢进去，看到每个同学都以为他们在议论他，差点儿做了爱迪生。当然他最后还是进去了，但演讲的水平一直不见提高，反而变得比以前更加腼腆和内向，所以我就喊他小呆子。”

“我也喊他呆子。”我红着脸说。

妈妈说：“噢，你也知道他呆？”

我于是说你如何追求我，如何把那有限的现金存来存去。妈妈笑出了声，然后意味深长地看着我，看得我面红耳赤。

接下来的几天里，我们不断地说你，说你参加义务劳动、义务献血、义务植树的事。妈妈说：“我遇到了天下最坏的男人，却生下了最好的男人。”

妈妈还说：“我没有见过哪个孩子比他更优秀，更完美，更像个男人。”

不，我得诚实地说，我和妈妈都美化了你。时至今日，我对男人有了更多的了解和认识。你是一个优秀的男人，但却不是完美的男人，你不精通交际，也不擅长赚钱，可是那又什么关系呢？我爱你如此庄重严肃的脸庞，也爱你腼腆羞涩的个性。那天晚上，我和妈妈看到了月亮，它挂在病房窗外的檐角，清澈明亮，安静地凝望着大地。

这小小的传奇……关于两个女人和解的画面，那不是战争年代的枪林弹雨，亦非茫茫沙漠的奇遇，更非电闪雷鸣之时命悬一线时的生死相救，都不是，只是两个女人同时爱着你，以爱为绳，相依为命。

谈到你的舅舅和阿姨，住院至今，妈妈一直没有通知他们，她说："非常时期，最好不要给他们带来不必要的担忧，有你就够了。郅诚的事我也不想告诉任何人，告诉他们解决不了问题，只会给他们带来紧张和不安。包括我那些同事，还是不要惊动的好。"

"我们家也没有人知道。"

"你做得对。有事要自己顶住，靠别人是没有用的。"

半个月后，她能够下床走动走动了，检验结果接近正常，饮食也比以往好一点儿后，她要求出院，"你为我耽误很久没有上班了，这对你的工作不好，我应该回去，要不你就去上班。"

比起妈妈的健康，我觉得上班算不了什么，这又不是什么别人干不了的活，于是我虽然口头答应，可是仍然不肯动身，妈妈做了让步，"那么你晚上的课却是一定要上的。"我看着她轻轻地笑了，想当初，她的话是不容违抗的。

"课早就停了。"我告诉她，"在您生病的前一天，我还去过学校，结果班上只来了两个同学，一个坐在最左边，一个坐在最右边，老师却迟迟不到。后来班主任解释说：任课老师不来了，说是路太远，又不敢坐公交车和出租汽车，所以骑自行车来的，自行车却又坏了，所以就宣布停课。我们走到楼下时，有个同学站在那里发呆，原来是自行车没了，因为大院里看门的老大爷辞职了，这下好了，小偷胆子可大了。我们几个人就站在那里苦笑。”

我说给妈妈听时，妈妈也笑了。

随即我给她念你发过来的邮件：“你跟妈妈都好，我就放心了。你们也要放心，我不会有什么大事，医生护士们对我都很好，治疗也很有效果，虽然还有点发热，但是我心里非常清醒，想着你们好，比什么都好。”

念完之后妈妈怀疑地看着我，“真是他写的？”

“当然是他写的，是从网上发来的，我打印出来带给您看。”

“看不到他的亲笔信我心里不踏实。为什么我这儿住院不好上网，他却能上得？”

“那儿的医院比这边条件好。”

妈妈听了一遍，又拿过去，戴上眼镜细细地看了一遍。她觉得有些假，但是这时的判断能力是建立在自己的脆弱之上的，所以没有再追究这个问题，她说：“他总是想着我们的，我没有猜错吧？他那么长时间没有消息，就是不正常。”

我没有说话。

她于是叹了口气说：“真想亲自守在他的身边，那样才能真的放下心来啊！”

刚刚还十分轻松的气氛一下子又凝重了，就像是手上提着放满石头的篮子，明明把石头拿走了，怎么还这么重呢？

因为石头并没有真正被拿走。

那天晚上，姐姐来到了医院，她买了一些礼物，礼节性地坐了一会儿，问了妈妈一些诸如睡眠、饮食等情况后就站起来要走。

我对妈妈说去送送她。我一直送到了医院门口，姐姐才不自然地笑笑说：“我要打车了，你不要送了。”

“可是……”我欲言又止。

“有话跟我说?”

“你在北京待了这么多年，见过许多好的东西，肯定不会觉得这边好吧?”

“那也不一定，有好的理由我会留下来，在北京我又没有什么牵挂。”

“或许我不了解你。”我说，“但是我了解我身边的一些人，而且是很了解。”

“你的意思我明白，但是你将来会理解我的。你的人生经历决定了你不会认同我的许多想法，所以现在说了你也不会明白。”

我便没有再开口，她又说：“我会再来看你婆婆。”

“如果你觉得医院不安全，就不要来了。”

“可不能让人觉得你娘家人不懂事，你婆婆住院，我们应该来看的。她来了吗?”

“她”指的是嫂子，我摇摇头。

可是我最希望的是嫂子也能来看看妈妈，妈妈住院已经一个多星期了，嫂子却没有露过面。

“看来她脑子真的进水了，神经过敏，草木皆兵，还说你男朋友到今天还不回来，肯定得‘非典’了呢!”

我的心一惊，正想说些什么，这时一辆出租车突然在门口停了下来，戴着口罩的司机把头探出来让我们看看他的脸，以示健康。

姐姐于是挥挥手，上了车。

我跑回病房打了个招呼就回了家，我想知道嫂子到底知道了些什么，会不会把这个事说出去？

进门前，我从包里拿出口罩戴起来，然后才进去。

嫂子正在打电话，我听见她在电话里说："我为你担心难道错了吗？我是你的老婆，我辛辛苦苦不就是为了这个家吗？你怎么能这样说我呢？"

她开始发出抽泣声，我想过去关心一下，可是我到底没有过去。不一会儿，她打完电话后来到我的房间，"小容，你去劝劝你哥吧。"

我问她："劝些什么？"

可能我戴着口罩吐字不清，她说："你拿掉口罩吧。"

我问："可以吗？"

她说："唉，也许我确实是神经过敏了。"话虽这么说，她还是离我很远。

我说："我明天打好不好？"

"明天？"她又急了，"那么他今天晚上若要出去喝酒怎么办？"

嫂子的脸因为激动而有点扭曲，我惊讶地看着她，对她对谣言如此不堪忍受感到惊奇。我说："你不要把事情想象得那么严重。"

嫂子已经不像是一个单纯的家庭主妇了，倒像一个形势观察员，她时时竖起耳朵听着外面的动静，她夜夜辗转反侧，变得十分忧伤。她把一切可以防备的手段都拿了出来。她在姐姐第一天到来时热情相待，到了第四天，又毫不迟疑地用“邻里有意见”的借口把她送进了宾馆，她并没有就此安心，还把姐姐接触过的一切物品都不断地消毒。接下来，她开始把目光瞄向我，她在不断的沉思中发现了一个巨大的秘密，那就是——你，可能得“非典”了！

这个发现使她差点儿崩溃，她的崩溃是因为她发现恶魔就在她的身边。她害怕你突然从天而降，带着“非典”病毒，又怕我去广城找你，把“非典”千里迢迢地召回来，她被这些可能性折磨坏了。她开始瘦下去，不断地瘦下去，在瘦下去的过程中，她更加坚信你得了“非典”，她回过头去想到我的一举一动，恍然大悟。

她自以为什么都明白了，问题就在这里，她比那些瞎起哄的人思想负担要重得多。她站在我跟前说话，她比谁都让我感到陌生。

“你也认为我不正常吗？你哥哥居然这么说我。”

哥哥的话我也感到意外，他当年喜欢嫂子很大程度上就是因为嫂子的贤淑稳重。嫂子那时是哥哥大学死党的妹妹，哥哥三天两头到他家，每一次去，都能看到这个年轻的姑娘在家里忙忙碌碌，打扫卫生，烧饭，做家务，偶尔才说一两句话。那贤良的背影常常让哥哥不由自主地看得发呆。那样子使哥哥总会想到母亲，他越来越迷恋那种在厨房里、在客厅里、在所有地方安静忙碌的身影。当他的同学意识到哥哥对自己的妹妹动了心后，大感意外。

他的妹妹是个没有现代气息，没有浪漫细胞，没有主见，甚至在周围人眼里是属于智商有问题的女孩子，居然被他的大学同学看中了。于是他十分配合地促成了哥哥的心愿。女孩子也倍感意外，她因为对读书的兴致不浓，又不喜欢接触社会，因此高中毕业后就退到厨房里。在遇到哥哥之前的两三年里，她找了七八份工作，都因为她不够活泼，不善于表达，不会打理形象而做不长久。她最后一份工作是在一个纱厂做仓库保管员。她以为这份工作可以做一辈子了，也以为可以在纱厂找个志同道合的男朋友了，她从来没有想过有一天自己也会像那些打扮得花枝招展的邻家女孩子一样找到一个有学问的男朋友。她无数次在自家的窗口看到隔壁邻居家的女孩子恋爱中的甜蜜、夸张的笑容，她有时也在厨房里对着洗脸镜子化化妆，然后在家里走来走去，以满足自己想象中的美好境界。她想也不敢想的事居然发生了。她那种孤芳自赏式的生活居然也能得到幸运之神的垂青，被她哥哥的同学看中了，而且看中的理由居然如此简单：安静，勤快。

哥哥大学毕业后第一件事就是结婚，那时嫂子的肚子里已有了方帅。他把嫂子带回乡下，连我没见过世面的父亲也感到意外，这姑娘跟村子里的姑娘没有什么两样，只是口音不同罢了。

这使我的父亲很伤感，他说你妈要是知道你讨个了乡下姑娘回来，当初不死的话现在也会被你气死。她临死时怎么教导你们的？不要住在这么脏的地方，不要讨乡下姑娘，否则你将来还得回到这儿来。

哥哥于是掏出包里的户口本给父亲看，“你看，这是她的户口，她是正宗的城里人，但是她有乡下人的贤良。”这个举动显然是受了姐姐的影响。

于是父亲的态度一百八十度大转弯，他亲自到镇上去买酒菜，回来办酒席，顺便把嫂子的真实身份向邻居们公布：“你瞧，我的儿媳妇多朴实，像个乡下姑娘，可惜她不是，要不然还真能挑一百斤煤下山呢！”

实现了少女时代爱情的梦想后，嫂子对初为人妇、初为人母的那种平静生活倍感满意，她满足于抱着孩子坐在沙发上看电视，满足于为一日三顿而尽心尽力。她对于自己做专职太太滋生的巨大热情，几乎到了赴汤蹈火的地步。她把孩子照顾得很好，那些昔日的邻居和同事看过来的目光使她无数次地陶醉其中，这大概就是傻人有傻福吧。对于嫂子来说，这种安谧的小天地就是梦寐以求的天堂生活，她可不想这种生活受到一丁点儿的破坏。但是最近，这种生活正在微妙地变化着。“非典”像个黑暗中的恶魔，对她形成了巨大的威胁。起先，她像个局外人一样做些表面上的防备工作，然后，像是被箭击中了一样地清醒过来。

这两天她一直睡不踏实，早上起来，发现自己有点不对，有点郁郁寡欢。镜子前的自己眼袋凸现出来，人一下子好像老了三四岁。本来就年近三十，看上去还要老三四岁，这还了得，要是以往，头天晚上没有睡好，她肯定马上到美容院让小姐们按摩一番，可是现在，那个地方似乎一下子变得极度危险。不是吗？那张美容床上每天不知要躺多少人，还有美容院的那些毛巾上沾满了客人也可能是病人的细菌。想到这里，她决定自己用冰敷一下，然后准备到菜市场买菜。这时方帅醒了，吵着要吃油条和烧卖。依照以往的习惯，她是喜欢牵着儿子的手上街的，可是今天不行，不能带着儿子，菜市场很杂，对孩子来说太危险了。所以，一起床她就准备悄悄去买菜，到了楼下，她发现才买来一个月的新自行车被偷走了。她只好返回来，敲开我的门，要借自行车用一下。

丢一辆崭新的自行车对于作为家庭主妇的嫂子来说，应该是一件大事，可是从她脸上没有看到什么心疼、恼火，好像丢了一盒火柴似的。

“你不懂，这叫破财消灾。‘非典’不是来了吗？我恰好就丢了车，这意味着我们家可以躲过这一劫。”

虽然当时她的迷信让我感到意外，可是比起今天的反常也只能算是小事了。

她仿佛已经得到了惩罚似的为自己迟到的警惕性而充满了自责，她之所以自责是因为她没有在危险到来之前就给丈夫施加压力，让他早点回到这安全的地方来。

可是这地方真的安全吗？楼下那个什么美容院的老板娘前几天不是请了一个广城美容师来讲课，她清楚地记得，讲课时美容师的嘴里有唾沫飞溅出来。

你看，现在，从来没有见过面的大姑子居然也出现了，这一切都是危险的信号啊！

她发现自己已经身处在了一种危险当中，“我本人并不在乎，我在乎的是远在上海经常要应酬客户的丈夫以及年纪幼小的儿子。”

看得出来这两个人目前是她的生命，她所有的希望所在。她感到他们好像已经被置于一种不可靠的境地，忧患使她难以入睡。

“你太紧张了，嫂子，你还是想开点儿吧，其实过于紧张也不好。你看新闻了吗，有个学校的上百名学生因过量服用那些中药，全部药物中毒。还有啊，台湾有个人因为怀疑自己得了‘非典’而精神崩溃，还上吊自杀了。这些事都反映出过分担忧会有更严重的后果。”

“我紧张？你不要瞒我了，事实比我想象的还要严重，你当我不知道啊？郅诚也得了‘非典’，到现在生死不知呢！”

“你……怎么知道的？”像是衣服被人撕了一样，我的脸色开始难看起来。

“你当我是白痴啊？他以往是一天几个电话，后来是半个月不来电话，你又瘦成这个样子，你婆婆又心脏病发了，你当我是嫂子吗？当我是嫂子还这样瞒着我吗？”

“我不是存心的，只是不想给你增加负担。”

“那好，你为我好的话，就打电话给你哥，你哥听你的话，你打啊！”

她的表情哀怨极了，像是一个弃妇在乞求法官给她公正一样。

我不得不去打这个电话，电话持续响了很久，哥哥才拿起了电话，“什么事？”

他的口气生硬，带着显而易见的不耐烦。

“是我，哥哥。”

“小容，什么事啊？”他的声音开始缓和。

我顿了顿，然后说："嫂子担心你。"

"你看她现在变成什么样儿了，值得那么大惊小怪吗？我不工作她和孩子吃什么呢！"哥哥有点激动，话语像决堤的江水一样汹涌。

"哥，她的担忧是应该的。"

"你也这么说，那你让郅诚不要学习了，回来啊！"

"他不能回来了，哥，他已经被感染了。"

"你说什么?!"

"是的，哥，我本不想告诉你，可是我不想你再出什么事，你不能再出事了。"

"小容，你不要担忧，我马上回来，你不要急。"

其实我的语气是平静的，不平静的是他。

他放下电话时说："我会以最快的速度赶回来。"

我不断地听到速度：加快防治的速度，加快研制新药的速度，加快调查病源的速度……

现在我又听到了速度，我想象着他从楼上奔跑下来的速度，想象他挥手要车的焦急速度，他催促车子行驶的速度……

三个小时之后，他敲响了家里的门。嫂子像是受尽了委屈的孩子一样扑上去就哭起来，哥哥安慰了她一会儿，就来到了我的房间，先是轻轻地扶住了我的肩膀，我想给他一个微笑，可是我的笑比哭还要难看。我感到他的手接触到了我的肩骨，果然，他的手在我肩膀上来回试探了几下，然后低着嗓子问我："你怎么瘦成这样？"

我没有回答，我感到那亲切的目光将我融化了似的，我的心和身子都开始发软，我半个多月的坚强在那一刻瓦解了。我扑进他的怀里放声大哭，那一刻，我的脑海里清晰记得母亲长睡不起的那个早上我们兄妹集体发出的哭声。

哥哥把我抱回床上，然后一直守在我的床边。那一晚，我恍惚回到了从前，我所有的记忆都化成了水，只留下哥哥放在我脸上的大手……

第二天一大早，他就带我去了医院。他在医院边上的超市买了许多水果和保健食品，他不停地问我："这个她能吃吗？这个她喜欢吃吗?"

他从来没有见过妈妈，但是对于妈妈先前对我们的反对他是知道的。但他却像浑然不知似的，问我关于你妈妈的喜好以及病情的严重程度。到了病房后，他恭恭敬敬地喊着："伯母，到今天才来，太失礼了！"

妈妈说："小容已经照顾我两星期了，你们没有失礼。"

哥哥说："伯母，安心养病，一切都会好起来的。"

他沉稳地笑着，那笑像一帖安慰剂似的，给了老人莫大的安慰。妈妈说："我并没有不安心，郅诚天天有消息回来，我知道小容是个好孩子，我并不难过。"

他在病房里待了一个多小时，将自己掌握到的有关"非典"的乐观消息说给妈妈听。就是在那一刹那，我发现瘦瘦的哥哥原来是那么的伟岸挺拔。一个小时以后，妈妈安心地睡了，睡在哥哥的安慰里。

哥哥于是带着我到宾馆去找姐姐，打开房门，我们意外地发现了张亮正穿着睡衣坐在床上谈业务，姐姐也是衣衫不整在一旁吃零食。多年不见面的姐弟的脸色同时变了颜色，一个是难看，另一个是难堪。哥哥克制地站在门口，一动不动。张亮看到我们突然造访，马上关上电话，弓着身子抱着衣服进了卫生间。哥哥随即问姐姐："这是怎么回事儿?"

"你都看到了!"

"你才来几天?"

"爱情跟天数没有关系。"

"爱情，你知道他的底细？你对他了解多少?"

"他啊，手上有两百万现金，家里有一套一百平米的房子，哦，就在你们楼下。不过，那地方不太好，条件不好，邻居什么的也不够意思。我们准备到御花园买一套房子，另外，楼下的那辆风神蓝鸟就是他的。"

"你！这就是了解?"

"那么，你对你老婆又了解多少?"

"起码我们是因为感情而结合的。"

"感情？她对你有感情的话就不会把你的姐姐赶出家门。"

"这个事昨天我已经跟她说过了，她没有恶意，只是神经有些过敏而已，我现在就接你回去。"

"不用了，这儿挺好的。再说了，你就是接我回去，也不能让她接受我一辈子，我总得有自己的家吧。"

"那是以后的事，咱们现在得回去，一直住在这儿也不是办法。”

“没事，他付钱。”

“你不会到这种程度吧?”哥哥忍无可忍地说。

“你不了解我，”姐姐的眼睛里掠过一丝不屑，“我有我的想法。”

最终，哥哥返身而去。

张亮听到外面没有声音后才从卫生间出来，他见我没有走，说了一声“再见”就出了门。

我久久地站在门口，看见姐姐刚才的玩世不恭正在一点点消散，于是走过去。

“你也想教训我?”

“我没有。”

“那你为什么不走啊?”她的口气硬得怪怪的，像是磁带里的女高音不断卡带的声音。

“我想我应该告诉你，郅诚在广城感染了‘非典’!”

我说完后尽量不看她，怕她会像哥哥那样走过来握住我的肩，发现我瘦得只剩下骨头了。好久没有听到她走过来的声音，我于是抬起头，看到她木头一样呆在床边上，那张双人床因为主人的随意而凌乱不堪，就像是衬托她此刻的心情似的。

一会儿，她走过来，递过来一张纸巾，我这才知道自己的眼睛已经被泪水糊住了。

“我能帮你吗?”

“不用。”

“他还好吗?”

“我不清楚，他前天给我发了邮件，但是邮件不能代表什么!”

“他能挺过去的，要相信。”

我看了她一眼，现在我也搞不懂这个女人怎么如此变化多端。

她于是陪着我沉默，沉默到楼下有大声说话的声音，那伤感也就不知不觉地消退了。她趁机说：“坐下来吧。”我于是坐下来，擦干自己的眼泪，喝了一口淡淡的纯净水，才感到自己其实很想找人说话。

“你不回去?”我问。

“回去只会让你哥哥为难，不是吗?”

“你真喜欢那个人吗?”

“当然!”

“为什么?”

“傻瓜，我都三十岁了，又结过一次婚，到现在一无所有，爱情那是少女时代的事了，现在应该现实点儿。如果你想跟男人们上上床，那当然简单了，可是要想找依靠的话，那就难了。那些嘴里说你漂亮勾魂的男人，暗地里并不把你当女人。所以，在大城市待得越久，激情就越少了。现在你看‘非典’闹得这么凶，死不死到自己头上还很难说呢，所以应该现实点儿。”

“现实点儿也不应该是他啊!”

“他怎么啦?他追求过你?”

“我不是这个意思，只是觉得有点荒唐。你们速度太快了吧?”

“想一想其实就通了，你不觉得我们很像吗?”

“这就不太可信了。”

“我不想太较真了，他对我不错。他说他最近赚了不少钱，不是说男人有了钱还会说爱女人那就是真爱吗？他可不是在穷光蛋时说这个字的。他还说了，会把一部分存到我名下，当然主要是不嫌弃我结过婚。在北京，好男人很多，好女人更多，我争不过。他对我不错，长得也还可以，小地方的男人心不野，好管一些。”

我无言以对，只张着嘴巴盯着她。

“你这么看着我，让我不好受。”

我于是低下头。她的声音继续传来，有一种很不真切的感觉：“我现在的生活已经到了无力增添什么的时候了，我想了一下，就算‘非典’结束了，我还回到北京，去拿每个月几千块的工资，那日子也过得没什么意思。我没有什么文化，能趁还没老透时找到一个合心意的也就不错了。”

“你这么想吗？你的条件那么好，你头一天来，我都被你吸引住了。”

“我又没有什么文化，年龄也差不多到了，还有过那么多的经历，不像你，你才叫有气质呢！”

我们于是被自己逗笑了，心里有泪的女人笑起来都像是含着水似的，有“哗哗”的声音。

后来，天慢慢黑下来，姐姐的身影被窗户上的窗帘遮住，有一种浓重的伤感。我暂时忽略了医院的病人，静静地听她说话。后来，她说到了童年，说到了母亲。

“妈妈过世的时候，你知道我是怎么样的吗？我真不想活了。

那时候也想把你和爸爸都接出去呢。我好多年都怕，怕你们也会肚子痛，也会死在那里。这么多年不跟你们联系，开头是想站住脚就把你们接去，到底没有这个能力。再后来呢，就力不从心了。我想你应该恨我才是，你的亲妈对我那么好，我又是做大姐的。”

“没有啊，我那时太小了，不懂受到伤害呢！”我摇摇头。

“反正呀，现在我不想和你们分开也是真的。当然，这儿没有北京好也是真的。这儿的马路上到处是垃圾，苍蝇也很多，地方还是太小了，房子倒是不贵。”

“可是他？”我说不出来了。

“我想他值得信任。”

“信任他？”

“是呀！虽然我并不怎么喜欢他，但是信任他。他是那种没见过大世面的男人，所以爱起来会比较投入，你懂吗？”

我叹了口气，“好像懂，又好像不懂。”

我看着姐姐的眼睛，姐姐看着我的眼睛。她所说的话到底有几分是认真的？有几分是玩笑的？我完全不知道。我凝视她半晌，突然觉得是真是假都无所谓了。

我们静静地坐着，看着窗外昏暗，看着路灯亮起，听着有各种声音不断冲进来。窗外是一个广场，它比往日大了许多倍。广场中心有一个雕像，保持着伟人应有的深沉，他的脸色像山脉一样平静，黑暗不能将其淹没，相反，在黑暗中他更显伟岸、突出。

我站起身来，打破僵局，“我去医院了，你有空回去看看吧。”

那几天简直就是矛盾集中爆发的日子。我想顺路回到家里熬一些好吃的汤带到医院，不料一进门，只听里面的人正在激烈地吵着：“我不让她走，她不也住在楼下，她那种在外面混的女人见到男人就是那德性，跟我有什么关系？何况她比我大三四岁，难道要我管着？再说了，张亮哪点不好？我看他能算一个靠得住的人。”

“住在楼下几年的人你居然这么看，你的智商真不低！”

“那你姐姐呢？才认识几天就跟人家搞到一起，那叫智商高？”

“所以你得把她拉回来，她再怎么着也是我姐姐，我希望你对她有足够的尊重。”

“我不能，她现在和张亮在一起。张亮是什么人，药贩子，一天到晚和医院打交道，太危险了。”

我听不下去了，逃也似的出去了。

出了门，冷风一吹，我的心就硬了起来，不像刚才那么软弱无力了。我有意放慢步子，让心绪稍微平静一下。我看到许多人在路边的水果摊上讨价还价，也停了下来。四月天的傍晚天气还是凉凉的，可是那又圆又大的西瓜却摆在了最显眼的位置上。

听你说过妈妈爱吃西瓜，我于是想买个西瓜带到医院。我买了两个，据说是外国的新品种，然后到了小饭馆里要了水芹菜和一碗鱼汤端到了医院。快到医院时，想到要见到妈妈，居然有一种往家走的感觉。

死　神

那个五月是我永生难忘的五月，原有的秩序全部被打乱，所有的一切都进入未知。电视、报纸上的新闻接二连三，“非典”这个微小的庞然大物成了我们共同的敌人。它没有改变我们的世界，只是把一个陌生的标准凸现出来了。它没有改变我们的选择，而是迫使我们选择了。正是这些新鲜的选择，给了我们许多发现自己和别人的机会。大家开始不出门了，不到楼下打麻将了，可即使是闭门不出，仍然有更多的消息源源不断地传来。许多酒店娱乐城在大量裁减人员，所以火车站的人又多了起来，每天有许多失业者要赶回老家，每天也有大量的在更大城市的宁城人在往回赶，这种奔流使火车站的客流量向春运期间靠近。不同的是，每个人都对拥挤产生了恐惧，就连三岁半的方帅在跟他的同学通电话时，也会聊到“非典”，他说：“最近不知道为什么没有《天线宝宝》的节目看了。”

对方说：“哦，他们大概是得了‘非典’吧。”随即，对方略有遗憾地说，“我不知道什么时候会得?”

方帅说：“我妈妈说，我要是再到楼下玩的话，说不定会得。”

然后他突然想起来什么似的骄傲地告诉对方：“我妈妈说，我们家叔叔也得了‘非典’。”

嫂子一把夺过他的电话，“小祖宗，你不想上幼儿园啦?”

方帅不明白叔叔得“非典”跟他上幼儿园有什么关系，放声大哭起来。

我又到单位续了假，几乎天天守在妈妈身边。她的状况时好时坏，常常心口绞痛。我最担心的就是她过于激动。医生说，一旦过于激动，心脏承受不了负荷，就会有生命危险，因此，我的任务是尽可能让她平静。医院虽是公共场所，可妈妈住的是十二楼的单人高干病房，条件相当不错，一个人一间房，除了空气非常清新之外，走廊上也少有嘈杂声，房间里除了电视机还有两张软沙发，普通病房里的那些消毒水味儿啊、小便味儿啊，还有拥挤的大病房里散发出来的人体味儿几乎都没有，气温也很适中。电视上说，“非典”最适宜发作的温度就是二十几度左右，偏偏今年天气一直过于温暖，不冷不热的状况一直持续不变。

护士每天三次查房，态度非常之好，是我从没见过的。可能由于此次“非典”，让不少医护人员殉职，医护人员自己也受到震撼，所以对职业的理解更高了。妈妈说这医院我可没少跑，她们的态度这一次才是真正的无可挑剔。

妈妈总说她老了，其实她才五十几岁啊！爱情的遭遇、疾病或者生活的压力都没有毁掉她的风度，即使在病床上，她也依然十分注重自己的仪表，时不时理理自己的头发，拉拉衣袖。她和你一样，十分干净、儒雅。她的手上连续多天打点滴，布满了针眼儿，眼睛也因为睡眠不足而布满血丝，可是她没有一般人叫苦连天的表情。她跟我一样，心思很重，无法集中精力安心休养，可是仍然保持镇定。

我记得最后一天，她说了很多话，说到你在国外的表姐和表兄弟，她说："他们很多人都觉得我很固执，而且古板，不好接近，只有儿子常常对我说：妈妈不是古板，妈妈心里有结，哪一天妈妈的伤好了，妈妈仍然是活泼的。就好像他还记得我年轻时的样子。"

妈妈说到你，脸上的慈爱闪闪发光。妈妈说到年轻时，她说她的浪漫在同学中间也是很有名的，会半夜里为了看星星而不肯睡觉，她也喜欢到乡下去玩。她说："正是这个原因我才会爱上一穷二白的穷小子。家里人反对我的婚姻，对我的婚姻不满意。是他们给了我许多农村不良风气的反面教材，使我对农村抱有偏见，这才使我们后来产生了许多误解。"再后来就是因为你父亲的绝情，她才产生了强烈的厌恶感。我对她说："妈妈，真正的农村是好地方，不受污染的地方是最美的地方。等你好了，我带你去看看。"

"哪儿有？人工的地方我见得多了，巴掌大的地方，搞些假山假水。"

"不是人造的，是真正的大自然。那地方没有黑水，没有黑烟，只有鸟儿、树和花儿。"

"能找到？"

"能找到！"

"你确定？"

“我确定!”

她后来问我:“你记恨我吗?”

我摇摇头,“不,妈妈,我不。”

“以后不会了。”她伸手摸摸我的头,“其实我第一次见到你就很喜欢你,恰恰也正是这种喜欢叫自己害怕,让我想起了许多不快的往事。郅诚出事后,你能够独自忍受那么久,还来受我的气,我一想起心里就有愧。”

“都过去了,妈妈!”

我于是迷恋那种温馨而久久不愿离开,每晚都守在她床边睡觉。一开始,她睡得极不踏实,翻来覆去,眉头紧锁,呼吸沉重。我不敢睡着,有时打了个盹儿都会马上惊醒。看她的样子,真让人不忍,我好几次都想把她弄醒,可是一想到弄醒之后又没有更多的好消息给她,我又无力去驱赶睡眠深处的疼痛了。可是一星期后,她能够睡得很香,不再像最初的固执、敌意的佯睡,是那种真实的睡眠。她那裸露的双臂放松地摊开在床边,她双腿弯曲,眉头舒展着。虽然光阴已经将她变得衰老而软弱,可是那烙在她身上的曾经特立独行的姿势却依然如故。我于是坐在边上一动也不动,等待着她醒来,或者陪她继续沉睡。

她睡觉的姿态使我想起你,想起我们在家乡小旅馆的那一夜。你睡着时也喜欢弯曲着身子,侧身而眠。夜慢慢深去,深到无底的深渊。我想着你,想象着你同样正在忍受的煎熬,就无法忍受。生活使我无法忍受,等待使我无法忍受,相思使我无法忍受!我知道最坏的已经到来,不会再有更坏的打击。我这样安慰自己,可是不管用,模模糊糊的绝望萦绕在心头。

五月八号傍晚，到了开饭时间，护士推着装饭菜的小车逐个病房分发。妈妈那晚上吃了些菜和汤，她吃饭时也非常像你的样子。不，是你吃饭时也非常像妈妈的样子。她一口一口地吃，对食物嚼得很仔细，每吃一口都似乎是一种享受，她让我感到饭菜被受到尊重。吃过饭，妈妈对我说："你两天没有回去了，我看你太疲倦了，你回去洗一个澡，睡一个晚上，再去给郅诚写封信。"

我没有拒绝，临走时帮她削了一个苹果，让她过一会儿吃。我在离开之前回了下头，黄昏柔和的阳光正从窗户里泄进房间，房间里顿时有种温暖如春的感觉——事实上这不正是温暖的春天吗？

妈妈靠在床上，阳光在她的脸上铺开，她被笼罩在光里，看我回头，朝我笑着点点头，示意我可以走了。我看着她，心头有些酸，难以想象我们曾那样剧烈地争吵，相互憎恨，不想再见一次。现在人人都保持足够距离的时候，我们却靠得那么近。

回到家里，就收到你的信，你在信中说：

容：我现在的状态在一天天好转，比起昨天我又清醒了许多。虽然写信还有些困难，不能多写，但是现在我能够吃一些流食，希望你不要担忧！不知道妈妈知道不知道我的情况？如果知道了，那就只能拜托给你了。你们都要保重。

我于是给你写信，准备写完后就直接上医院，并考虑怎么样将你信的内容念给她听，我在信中说：

呆子，妈妈和我相处得很愉快，这肯定是你梦寐以求的事。你不敢相信吧？那么我告诉你，你小时候想当一名教师的理想是有的吧？在演讲台上尿裤子的事也有的吧？

尽管有时很想你，很担心你，但基本上还是感到有希望。呆子，我相信你的话，相信你已好转，你也要对我们放心，我们在你回来后一定完整如初。

我写完信后就不知不觉地睡着了。在梦里，我梦见了太阳，梦见了太阳金色的光芒像潮水般地涌进我们的生活。这潮水有着前所未有的温暖和喜悦，我们在快乐地游戏，还有小鸟也快乐地在我们周围跳动。对了，我们是在最喜欢去的小山坡上，你，我，还有妈妈，她坐在草地上亲切地看着我们疯跑，空气因为笑脸和笑声而显得异常清新，我几乎要醉了……

一阵尖锐的电话铃声将我吵醒。电话是给妈妈治病的夏医生打来的，他在电话里支支吾吾地问了一些莫名其妙的话："你婆婆还有没有其他的亲人？她儿子究竟去了哪里？"

"有什么事就直接跟我说吧！"我要求他，"我虽然没有过门，但还是能承担事情的。"我以为他指的是医药费。

"那好……"过了半天，他像是下定决心地说，"你婆婆的病情突然加重，经抢救无效……"

我的头突然间仿佛变大了。我听见轻微的炸裂声，然后我看见房间里的电灯像汽泡一样在空中爆炸，发出一阵令人恐惧的光来。随即我仿佛听到火车呜咽而来，发出尖利的呼啸。我的耳朵一下子受不了如此高分贝的刺激，电话还拿在手中，对方的话却一句也听不见了。我想说话，可是张不开口。我下床站起来，可是几乎站不住，又不知道应该做什么，只在房里转来转去。我走到客厅里，走的时候我摇摇晃晃的不稳当，眼睛也不太管事，撞到了门口的一张小板凳。哥哥从沙发上站起来，嘴里说了什么，可是我听不清。我出了门，看见楼梯在发抖，墙壁也歪斜着。我到车棚里拿自行车，楼下一个人也没有，只有路灯惨淡地亮着。楼梯口的一只大大的垃圾桶倒在地上，我本来想绕过去，可是却撞了上去。最后我总算到了自行车旁，可是翻遍了所有的口袋都找不到钥匙，我只好自己往前走。人行道上是从没有过的拥挤，我不断地想离开人群，又不断地撞到他们，没有人肯为我让路。我看到有人愤怒地看我，好像他掉在地上的包是我扔出去似的。我想走得端正些，可是做不到，最后，我终于跌倒了。对！我想，这就是我的命运，跌倒的总是我！我看到来自前方的许多条腿，它们似乎要从我身上踩过去似的，我感到很惊恐，我闭上眼睛用双手把脸捂起来，希望疼痛快点儿到来，也快点儿结束。我终于站了起来，我看到自己的影子摇摇晃晃，又看到一辆出租车轰隆隆地从身边滑过。我于是想起来我可以坐出租车，等我招了手，一辆出租车乖巧地停下来时，我却怎么也打不开车门。出租车司机好奇地帮我开了门，他张着嘴巴问道："你没事吧?"

我觉得他的声音实在太大了，我摇摇手说："不要吵，已经吵死人了。"

我的话把他吓了一跳，他发动车子后一直把头转过来看我，好像等待我按"确认"键一样，我却感到胃里一阵酸辣，然后口腔里灌满了热辣辣的东西，我对着车窗外就一阵猛吐……

到了医院后，司机打开车门，把我扶下来，然后车子又悄无声息地开走了。我从医院门口往里走，我总是碰到东西，玻璃门的扶手、铁门上的铁链子，我把铁链子碰得摇晃了一下，看门的大爷说了什么，我也没听见。随即我又开始呕吐，我不知道我今天是怎么了，一直吐，好像吃了什么不干净的东西。这时又有人走来，手脚并用地说着话，他的话又引来几个人，有病人，也有护士，他们像训练好了似的一致张口，一致表情愤怒，可是一点儿声音也没有。这时夏医生过来了，他扶住我，说了些什么，周围的人群才渐渐散去。他扶着我往后面走，我想他走错了，妈妈在十二楼，但是他还在拉我，我感到不可思议。我妈妈死了，他却走错路，最后他妥协了，把我带到十二楼。我到达病房时，发现原本躺在床上的妈妈已经不见了，于是我明白她已经死了，应该躺在太平间了。我此时又遏制不住了，张开嘴就吐，不停地呕吐。护士皱着眉手忙脚乱地过来帮我清理，倒水给我漱口……

我想把内心的东西一并吐出去，可是那翻腾的感觉就像是没有尽头的沼泽地，怎么也走不出来。我喘不过气来，胸脯喘得都要裂开了，然后我又睡过去了……

我醒来时，看到了白色的墙壁、护士和哥哥姐姐们，还看到了姐姐挂在脸上的眼泪。他们怅然若失地站在床边。我听见声音了，内心担忧的声音，软弱的叹息声，还有我自己内心的哭泣声！

我一把抓住哥哥，开始告诉他："哥，郅诚死了。"

他安慰我："别胡说，是你婆婆去了，不是郅诚，不要胡思乱想，清醒一点儿。"

"我不要，我不要。"我又大声地呼叫。随即，一粒小药片被塞进了我的嘴里，我再度慢慢睡去……

等我重新睁开眼睛时，我什么都想起来了，头脑中的回忆、想法，也都一下跳了出来，就像是看过的一场电影，分别的车站、电话中的喘息、雨中的奔走、婆婆的笑脸……

我于是放声大哭，边哭边吐，可是我只能吐出声音而吐不出物体了。这使他们不那么手忙脚乱。医生站在一旁，心事重重地为我诊断。他说我血压不稳、心律不齐，他给我开了许多药，但不管他们用什么方法，还是没能让我从狂乱中醒过来。接下来我发高烧，说胡话，说个没完。兴奋过度之后，接着却又感觉麻木，一言不发，一动不动。他们用了许多的药，我才好不容易恢复平静，当然还是迷迷糊糊。因为我一再地搞不清到底是谁死了，直到我确信是妈妈死了后，才稍稍平静……

天黑下来了，窗外有不知名的鸟儿在乱叫。

我发现自己这样躺着不是办法。我想爬起来，我想去看看妈妈，他们抓住我，不让我动。

“我得去看看她!”

“你太虚弱了，明天再说吧!”

“我要去看看妈妈。”我的嗓子其实发不出声音，可是我觉得很有力量。

他们让我去了。妈妈整个身体连同脸部都被白色的布遮盖着。我有生以来第一次对这么干净的东西深恶痛绝。我一把扯开它，然后我看到了妈妈。

她笔直地躺在那里，眼睛紧闭，眉头紧锁，嘴角张开，仿佛话说到一半儿似的。看到她的头发有点儿乱，我上前帮她理了理。我的手触到了她的脸，好凉的面孔啊! 就是这脸昨天还朝我笑来着，今天就突然隔了这么远的路!

我本来是想为她整理一下头发，可是我没有整理好，反倒是一不小心让一滴水滴到了她的脸上，我赶紧用手去擦，可是越擦越多，我急得都要哭了。

然后我又觉得恶心，还没来得及跑出太平间，就吐出来了。

只是一些黄胆汁而已。

姐姐和哥哥十分慌张，他们赶快说；“走吧！离开这儿吧！”

他们拉扯我，我不答。我一动不动，唯恐稍微动一下又要呕吐。同时，我觉得两脚冰凉，寒冷从脚上升到了心窝。我回到她床边，却支持不住，倒在床头。我终于妥协地瘫下来，坐到地上。

“啊！你不能这样，你不能这样！”哥哥低声说。

“你说什么？”

我痛苦得慢慢把头转来转去，不断地张开嘴唇，仿佛心里压着什么，不吐不快似的。

于是，他们小心翼翼但也坚决地把我带走了……

妈妈出殡的事，几乎是哥哥和姐姐全权负责的，因为你不在，因为你的许多亲戚们都在“非典”的魔爪下难以正常地伤心。妈妈去后，我只见到舅舅、舅妈和一个姨夫，我听到他们说：“事情到了这个地步我们都不知道，姐姐做事越来越让人想不通了。”

“她就是这么怪僻的人。既然已经去了，就原谅她吧。”他们的想法一致。在最后时刻，在焚化炉旁，我才见到了妈妈的同事、朋友，他们送来了挽联，还有数张悼词，可是这些悼词并无用武之地。妈妈的丧事从简，没有举行告别仪式，这是妈妈自己的意思，她在入院后就写下了遗嘱。除了丧事从简之外，还有就是：告诉我的儿子，妈妈爱他，接受他的选择。

亲朋好友们各自站得很远，仿佛习俗所致。

所有的人都表情沉痛，大家一致感叹祸不单行之类的话。有陌生人过来安慰着我，我始终听不清别人的话，我的耳朵总是一阵一阵地失聪。火化前，我去给妈妈梳了梳头发，便帮她把脸洗得干干净净，我知道妈妈是干净的人，我发现她的皮肤皱巴巴的，我帮她擦了一点润肤露，使她皮肤看上去柔和一些。

我们要去一个地方了。她被打扮停当，默不做声地被别人摆布着。我们开始上车，发动机怒吼着，驶过我们的心和眼睛。所有人都好像悲痛异常，他们默不做声，跟死者一样。我也是，我的咽喉紧缩，胸部愈来愈沉重，手指又麻又痛，但眼睛干涩无泪。

不久，我看到了焚化炉，我知道他们要将她焚烧。熊熊大火映照着整个屋子，周遭通红一片。这就对了，他们就是用这种方式带走了我的母亲：温暖的阳光，甜蜜的糖果；然后是象征现代化的交通工具——火车的鸣叫声带走了我的父亲。他们的手段并无更新，不止一次被我识别出来。现在，手法仍然一致，亮堂堂的炉火，可是它仍然是为了带走她——带走希望，焚烧爱。

我站在那里，看着伤心忙碌的人群：连我都知道死神一贯的把戏，为什么我们无动于衷，只是在焚烧方式或者骨灰盒上下工夫？我听到有人在推荐上等的骨灰盒，说是为了让死者显得尊贵。尊贵可以用一只盒子来完成？“她不要什么尊贵，她要自己的儿子！”我突然遏止不住，尖着嗓子叫起来。这多不合时宜啊，他们全体都像是约定好了似的一言不发，要说也低沉地说，仿佛使空气结上冰，才对得起死者。

最后我看着她进了熊熊燃烧的大火里，我的心也跟着进去了。我发现自己不能动弹，唯有嗓子不断地发出呕吐的声音……

妈妈去后的第三天，我才能够正常地听见人们的说话声，我才知道那天晚上我走后发生的一切。

我走时是下午五点钟左右，妈妈让护士帮她打开了电视机。护士从房间出来时她还是好好的，到了晚上九点钟，晚班护士去查房熄灯时，才发现妈妈的头垂在一边，正在呻吟，起初声音微弱，后来肩膀发抖，脸比床单还白，蜷缩的手指紧抠住胸口。她的脉搏不匀，大滴汗珠从她脸上渗透出来，脸孔发青，牙齿上下颤抖。护士赶紧喊值班医生，医生赶到后，她的脉搏就几乎感觉不到了。医生赶紧把她送进了抢救室，进行必要的抢救，可是她去得很快，任何手段都没有唤醒她……

“这是为什么？”我问护士、医生以及一切为她治疗过、照顾过她的人，“我走的时候她还好好的，她没有理由突然发作。”

“她在看电视，她一直在看电视。”一个护士说。

“她看了些什么？”

“我不知道，遥控器在她自己手上。”

“是什么让她突然激动，突然紧张，突然失控，突然就去了？”

“我不知道。”

高干病房的电视有四十多个频道，我没有办法知道是哪条如此有毒性的新闻，可以让一个人的生命突然结束。

新　生

五月十四日，我被哥哥、姐姐从医院接出来，同时带来一个更令人吃惊的消息——我怀孕了。这个消息让人们怔住了。尤其是哥哥，我看到他从医生那里回来时，脸色发青，眼神绝望，像是死了妈妈一样——死了妈妈他好像也没有脸色发青。

他们把它当成是一个惊人的坏消息。

临走的那一天，哥哥和姐姐跑到走廊上嘀咕了半天，然后姐姐带着严肃的面孔回到了病房，她说："小容，你吐得这么厉害，让我们很担忧。"

我看了她一眼，意思是有话就直接一点儿，我的嗓子几乎一个音节也发不出来了。

她说："你现在这么瘦，只有七八十斤了吧？"

我不想开口。

但是这不妨碍她接着说下去："你有没有考虑怎么解决？"

"为什么？"我又用眼睛问她。

“郅诚的状况你心里有数，现在的形势很难说将来怎么样。你还是现实一点儿吧。以后如果想要，机会还是很多的。”

我把手下意识地放到小腹上，我感到姐姐的话是冲着“他”而来。我就在那一刻蓦然确信他就在那里，存在的生命——你和我的。

我闭上眼睛，第一次对自己的体内感到些许陌生，我的躯体好像不仅仅属于我个人了，还有他在。

姐姐的声音再度传来：“你没结婚，生孩子不合适。我都替你安排好了，用无痛流产法，不会太痛苦，姐姐也经历过，不骗你。”

她替我安排好了？问题是，她有什么理由替我安排？替你安排？替“他”安排？

我把身子往下缩了缩，示意谈话告一段落。姐姐于是站起来，小心地出去了。我闭上眼睛，开始想你，想你若是知道我腹中有你的骨肉，会是怎样的心情？

我想知道你的答案，我记得我们曾经就这个问题讨论过。有一天我们在我们喜欢的一个山坡上，看到一条被遗弃的狗在我们的脚下呻吟，我们当时动了恻隐之心，我说：“它好可怜。它是被妈妈抛弃的吗？”

你说：“肯定不是，哪有妈妈舍得抛弃自己的孩子？即使是狗。”

“那么，它妈妈呢？”

“也许……”你看了我一眼，然后轻轻地说，“也许是主人把它抛弃的，又或者它自己迷路了，当然也有可能它妈妈已经不在了。”

我于是开始沉默，然后我说：“它不应该被生下来。”

于是你握握我的手，严肃地说：“是啊，如果我们要生下孩子，就一定会为他负责，不一定给他荣华富贵，但肯定会给他安全、幸福、爱和教育。”

呆子，我们的孩子已经来了，你知道吗？

他的到来应该在我们意料之中。我们早就设想过家庭的温馨和家长的威风。我们说，如果是男孩就叫叶容诚，如果是女孩就叫叶诚容。我们为自己的创意开怀大笑，滚作一团，笑得透不过气来。

如今他来了，在这种令人悲伤的时刻。

姐姐说：“可怜的小容，她真想有个妈妈。”

张亮说：“你没听她喊吗？她以为是叶郅诚不在了。”

天暗下来了，哥哥和姐姐仍然待在走廊上等待我的决定。

我想从床上爬起来，可是马上被一种巨大的眩晕所击倒。我支撑不住，就像是跌进了太空一样。随即，从胃里涌出一阵浓烈的酸味儿，我忍不住一阵恶心。半小时前勉强喝进去的一点儿稀饭又稀里哗啦吐走了。

在巨大的酸楚里，在茶色玻璃窗前，我看到了自己，一个受惊的孩子睁大恐惧的眼睛，看着心爱的恋人，在我朦胧的视线里，你的脸型在黑暗里模糊不清。我是那么急切和害怕地期待着你能够清晰起来，可是你从我的眼前淡淡隐去，最后毫无影踪。再也没有比对最爱的人生死未卜的担忧更让人战栗了，再没有比决定要不要从肚子里把爱人留在体内的骨肉拿掉更重大的决定了。

我终于起来了，我说我想回家。哥哥和姐姐马上开始收拾行李，他们没有再就孩子的问题追问我。我被扶上了楼，我看到了嫂子和小侄子。小侄子听到他爸爸开门的声音，从他妈妈怀里挣脱出来，他本想到门口迎接来人，他先把头探过来，他想走近我，可是我的样子吓着了他。他马上哇哇大哭起来，嫂子于是放开嗓子叫了出来："我说的吧，这么多人，想吓死他啊?"这个女人这几天变得可真陌生。我想到她从前表现得百依百顺，现在像是受到惊吓的老鼠一样在到处乱窜，她说话唠叨，全无斯文，神经紧张。

哥哥的脸放了下来，他说："你闭嘴，从现在开始!"

他的妻子没有闭嘴，反而更加大声地说："你们都从医院回来，你们都不顾别人的死活，孩子的死活，你们哪个人能保证没有病毒?"

姐姐这一回没有吭声，为了我，她做好了忍受的准备。我在进房前看了看嫂子，她跌坐在椅子上，开始掉眼泪，一直到姐姐离开。

方帅睡着后，她却又改变了主意，敲开了我的房门。我并没有睡，正在床上发呆，电脑开着，有一封你的来信，很短，日期是昨天。

容，我现在正在调整，等医生允许了，到时我就会打电话给你，我一定会打的。放心吧！爱你的呆子。

我的脑子好像反应越来越迟钝了，这么好的消息我却置若罔闻，好像它是假的一样。

在嫂子进来之前，我一直在发呆。

嫂子坐到我的床前，她的眼睛红红的，为了显示她哭过，她有意保留了一滴泪珠，她说："小容，你知道我不容易的，对吗？"

我点点头。

她说："我一天到晚操持家务，还得照顾孩子，忙这忙那。你想想，一个家庭，免不了打扫打扫，洗洗烫烫，你哥哥又不在家，我也不容易是不是？"

我点点头。

她又说："你想一想，你在医院，你姐姐在宾馆，这两天你们又去了火葬场，张亮又和你们在一起，张亮和哪些人打交道你说得清吗？我担忧你理解吗？我舍不得你哥，舍不得你侄子，你理解吗？"

我点点头。

"你想过没有，郅诚是多么好的一个人，不就是大意了一点儿就中了吗？我的小心有理没有？你说说。"

我点点头。

她还说："那么，你不会怪我不去送你婆婆吧，不会怪我没有去看你吧？"

我点点头又摇摇头，她觉得我的动作给了她安慰和勇气，于是接着说："现在你回来也就回来了，进了门也就没有办法了，但是嫂子有一件事求你，行吗？"

我点点头。

她说：“听说你怀孕了，有这事吗？”

我点点头。

她说：“你看看你哥哥，他还想瞒我，连你都没拿我当外人。”

我点点头。

她说：“依我看，你赶紧做掉。你还没有结婚，郅诚又生死不知，你不能生下来。嫂子是为你好！”

我对于一直点头也感到厌倦了，实在是想闭上眼睛，所以就闭上了。

她说：“再说，你也要考虑你哥哥的名誉。虽然说现在的社会很开放，但到底还是注重名声。你看看我，本本分分过了这么多年，才有了这个完整的家，做女人不是件容易的事啊！”

后来我就一直只感觉到她的嘴在一张一合。好奇怪，她说的话，只要我不想听，我就听不到，我于是自顾睡去了。

等到她走了后我就醒来，从床上起来，我想了一想，想明白了此刻是晚上九点钟左右。我把目光投向窗外，窗外的天色因为刚刚下过雨而灰沉沉。尽管如此，楼宇和楼宇之间仍旧有被路灯照出来的影子。这灰色而单调的居民楼群，犹如一片荒漠，楼下远远传来各种车辆发出的喇叭声、撞击声，这一切都显得那么索然无味。我在呕吐的时候又想到了你，昨天你还说你活着，可是那已经是昨天的事了，这种变幻莫测的局势，昨天的话还可信吗？电子邮件？电子邮件是个让人捉摸不透的东西，不是我能信任的。呆子，你的话算数吗？以你一贯的作风应该是算的，可是，可是现在情况不同了！

呆子，我应该待在你身边，妈妈已经不在了，现在我无所顾及了，不正是去陪你的时机吗？还有腹中的孩子，我不正要去问问你的意见吗？要不要他？我能一个人决定这么大的事吗？不能，所以我应该去找你。

拿定主意后我的胃和嗓子都不那么难受了。因为决定走向你，我平静了。我感到有点饿，我到厨房里冲了一杯速溶咖啡一口气喝下，感觉不错，然后我开始做准备，打开抽屉，拿出所有的现金和存折。找出一套比较好看一点儿的衣服，穿上后发现衣服不太合身了，于是再换一套，还是大得要命，最后我挑了一件红色的羊毛衫，因为这件衣服是配着腰带的，这样就不显得大了，然后又在手提包里放了一件短袖衬衫。你知道的，广城的天气跟宁城不一样。

当然没有忘记带上身份证，我做这一切的时候头脑清醒，有条有理。我出门时轻手轻脚，哥哥的卧室一点儿动静也没有。

我悄悄下了楼，招了一辆出租汽车。

司机说："这个时候到外地去啊？"

"广城。"我说。

我的话把他吓了一跳，他随即恢复过来，"小姐，你真幽默。"

"不是幽默，是真的，我男朋友在那里。"我继续说。

"哦，那就难怪了。不过，你到时候要是回来的话，要隔离十天的。"

到了火车站，售票员盯着我看了一会儿，然后说："那你先去量体温，体温正常再来买票，否则到时又要退票。”

我根据她指点的方向到了量体温的地方，穿着白大褂、戴着厚厚口罩的人用一只手枪似的东西朝我的耳朵一点，然后大声地通知旁边正在聊天的几个穿制服的车站人员：“这儿有一个。”

我还没有回过神来，就有几个男人迅速地站到我边上，对我做了一个“请”的手势。

“到哪儿去？我怎么啦？”我问。

他们先紧了紧口罩，然后回答我：“你体温不正常，请到我们的隔离室做进一步的检查。”

到了一间一眼就能看出是临时隔出来的房间里，一个医生模样的人用手电筒朝我的嗓子里照了照，就脸色发白了，“赶快，打120！”他向旁边的人命令道。

我急了，忙说：“我是嗓子发炎，我是心里有火，我没有感冒，没有发烧。”

他们不再说话，表情严肃，大有危难将至的沉重感。

我被120救护车紧急送到医院，在做了一次免费的全身检查后，我被恭喜可以回家。我的病历诊断书上写的是：妊娠反应，低烧，体质极度虚弱，情绪极度不稳，需要补充维生素ABCD……

凌晨三点，我被哥哥领出了医院。

一路上，哥哥搂着我，他说：“你放心，医院会照顾好他。再说，他有单位，有组织，他们也会管他。”

他说：“你去了也不管用，你根本进不了医院，病房肯定是隔离的。”

他说：“你如果爱他，就把你自己照顾好，否则他回来，你却死了，他活着就没有精气神了。”

我拒绝再上那个楼，我对那个地方感到厌倦。哥哥说：“求你了，回去吧，你要是有个三长两短，哥哥也不活了。”

一进门，只见穿着睡衣的嫂子披头散发，手上拿着喷洒器。她的脸都快青了，“方容，你怎么回事儿，你到底想要我们怎么样？你想要我们都死吗？你要走就走得干净点儿，省得让我们出去找死！”

这个可怜的女人比我还要脆弱，她的声音都发抖了，不知是因为害怕还是因为生气。

哥哥毫不迟延地冲着嫂子咆哮：“不要再像疯子一样！”他的声音疲倦又暴躁，他烦透了。

我躲到房间里，任凭外面的战争激烈地进行着。

从那天开始，我知道，我没有能力再走那么远的路了。我失去了自由，失去了去陪伴你的能力。

我不断地给你写信。

我告诉你我呕吐了，吐得很厉害。我还告诉你我每天要喝好多杯水，但喝水也会呕吐。我告诉你，我的腹中有了一个胚胎，他是我们的孩子，我之所以一直用“他”，是因为我确信他就是一个男孩，没有理由，确信就是确信。

我告诉你我需要你的答复，你得告诉我要还是不要？你愿意不愿意和我一起养育他？

我说你不能一直躲开不见我，这是没有理由的，没有。

我说我哪一天要绕道而行，把那些量体温的人统统甩开，这样我就畅行无阻了。

我说我哪一天要是突然出现在你的病床前，你一定高兴得跳起来是不是？

我说至少你得有个态度，不能这样沉默不语，这也是让我呕吐的原因。你再不写信来，我就会呕吐得更厉害。

我把你的来信作为自己停止呕吐的希望。我说，我没有别的要求，只要感觉到你在就行，有你就行，其他的什么都不重要。

到了五月十六日，你的信来了。你说：

容，打掉他吧，以后我们还会有机会的。保重好身体，等我回来。

就这么一句话实在太少了，少得不像话。我在房间里嚷起来，摔破了那只喝水的玻璃杯，然后又想摔掉电脑。姐姐进来了，她说："摔只杯子还差不多，想摔电脑，你根本不行。你还是上医院吧。从医院回来后，一切力气都能恢复，你还能够吃饭。"

我一听到吃饭，又呕吐起来。后来，厨房里飘来一点点猪油的腻味儿我都会吐。我越是闻不得猪油味，家里好像一直就会有猪油味。后来，我又闻到了猪肠子的味儿，猪肝的味儿，咸排的味儿，我想我要死了。姐姐只好把房门上的隙缝用报纸糊起来，可是我仍然吐得天昏地暗。她先是帮我倒水，擦洗，当她发现自己做的是无用功时，就蹲在我旁边开始哭了起来，她哭得一点儿也放不开，像是刚出生还不会发声的婴儿的哼哼声。

当越来越多的猪油味儿往房间里涌进来时，哥哥嫂子打架的声音也愈来愈响。我让姐姐出去管一管。“管什么？这种女人打死活该。”她说。方帅哭喊着奔过来，让姑姑去救命，妈妈要被爸爸打死了。我还没到她的房间，就听到嫂子坚决有力的嘶叫声：“不要喊她们，打死也不要喊她们，我们这个家就是这两个女人害的。”

姐姐每天都守在我的床头。她一离开，我就会问她：“你出去吃猪肉、鸡腿、排骨汤吧？”我边说边干呕起来。

她看着我，向我保证：“我不会吃一点点，你放心好了。”

她现在每天到楼下的张亮家吃饭。她吃什么我一点儿也不知道，我也甭想从她嘴里面闻到一点儿什么油的味儿。于是我放心地让她出入。

五月十八日，你的信又来了，还是那几句话：

容，放弃这个孩子吧！我们以后肯定会有，现在不是时候，打掉吧！别让我担心了。

我一看到这信，把刚刚吃进去的一些西红柿全部吐了出来，姐姐赶紧把电脑关掉。

五月二十日，姐姐问我：“张亮为我在外面买了一套房子，那儿空气可好了，又没有什么味儿，只有我们俩住，你愿不愿意去？”

“那得有网上，可以发邮件。”

“那是当然。”

接下来就是搬家。我将最宝贵的东西一一整理好，包括电脑、你的相片以及你给我买的衣服和礼物。我小心地将它们层层包裹后才放到车上。

新房子有一百多平米，我的新房间靠南。站在新房的阳台上，可以感觉环境变了，心情变了，甚至连自己也仿佛变了一个人。虽然离市中心远了一点儿，但是小区内部的设施相当齐备。新房子在一楼，有三个房间，虽然没有过多装修，但墙壁雪白，地上铺了地毯，看上去也干干净净。

张亮得意地说："想不到吧，才三十万，如果不是'非典'，起码要将近四十万。"

"是你们的结婚新房？"

"也算是的，但现在结婚不是时候。你先住着，我先住旧房子。"张亮说。

姐姐让我住朝南的那个房间，从这个房间的窗户看出去，可是看到小区中心的景观，楼下的树、喷泉、篮球场都尽收眼底。她自己则住在我隔壁的房间里，另外一间暂时空着。

"这房子的房产证是我的，"姐姐悄悄告诉我，"所以你啊，要住到什么时候就住到什么时候。"

"不用，等他回来我就走。"

姐姐和张亮都很兴奋，别人的悲伤也无法冲淡他们的兴奋。我看到她对着张亮撒娇，谁都能听得出来，这声音是从口腔直接吐出来的，没有经过心脏也没有经过血液。晚上他们早早地进了房间，说什么去商量一下装修的事宜。果然把我当呆子不成？我听到姐姐大声的呻吟声，好像正在受到魔鬼的恐吓。第二天一大早，我在厨房里碰到这个神色憔悴的女人，我直截了当地问她：“你不是说跟不爱的男人做爱身上会起鸡皮疙瘩吗？”

“是啊，可是我喜欢他呀！”

“依我看，你就未必真喜欢他！”

“何以见得？”她歪着头，故意装着一副无辜的样子问。

“你不是说吃惯了大米饭再去吃窝窝头不能入口吗？”

“哦，这个窝窝头里面有好馅儿。”

我哼了一声就回房去了。

我一到房里就开始坐下来写信，我在信中谴责你的决定，我形容孩子给你听：

两个多月的孩子像什么你知道吗？像个海马，这是网上说的。他的身子弯弯的，两个眼泡像金鱼一样分别长在头部两侧，大概有二至三厘米长，三至四克重，比蚕豆还要大一点儿呢，是个大头宝宝了。另外，他的鼻子原来是一个很可笑的小凹陷，现在也隆起来了，这个鼻子将和你的一模一样，你信不信？我们可以打个赌嘛！

另外，他的四肢也由小肉芽儿发育成了软骨，并形成明确的手指、脚趾头，而体内主要的内脏器官一应俱全。虽然别的宝宝无法辨别男女，可是我的宝宝一定是个和你一样的男孩子，一定。

写信是愉快的事，我沉浸其中。我在电脑屏幕上用各种输入法打字，如此这般，也可让大脑稍减些许沸腾。倾诉中我们爱情的形象逐渐丰盈，我看得清我们彼此相守相爱的过去，以及你在未知方位向我传递出的温暖和抚慰。世界就是回忆。我回忆起你是如何教会我克服痛苦，摆脱自卑和悲观。爱情使我免于成为命运的俘虏，推开了一扇陌生的大门，看到了另外的风景，使我心潮澎湃、耳目清新。此刻我再度推开那扇被你推开过无数次的门。你在门外守望，我在门内等待。期待替代绝望。而你，还没与我相识。我终于认定，我千辛万苦来到此时，就是为了与你相遇。

五月二十二日，你的信又来了，你说：

好吧，容，如果你决定了，那么生下来吧！生命的诞生比生命的遗弃要有意义得多。但是我想说的是，生命有很多种，有时候是我们做好了迎接他们的准备，有时候就是因为一些偶然的因素，他们才有了机会。他现在虽然也是生命，但还没有感知的能力，所以现在决定不让他活下来的话，对他也不能说是痛苦，我劝你还是放弃。

所有做父母的都希望自己的孩子健康，但是如果不是呢？我们现在的情况非常特殊，而你的身体也非常不好，你能确信他健康吗？即使他是健康的，我们也不知道他将来面对的将是什么样的世界，是非常美好的，也有可能遇到灾难和困苦，比如寒冷、疾病和贫穷。所以即使我们现在不要他，也不能说明我们不爱他。

当然，决定权在你。不过你自己还是孩子，做女孩子和做妈妈完全不一样，你要面临许多你没有经历过的东西。你确信你够坚强吗？坚强是做妈妈的第一要素，你明白吗？而你又是这么脆弱和胆小。我不能确定你现在生出来的这个就是我们最好的，也许将来我们会有更好的。当然，无论你做什么样的决定，我都支持你，一如既往地爱你。

这封信这么长，真是我始料不及的事。我仔仔细细地看了一遍又一遍，看一遍明白了一层意思，看一遍又明白了一层意思。最后我确定了，我大声地告诉姐姐："他想要这个孩子留下来，他的意思是让我坚强点儿，别一天到晚优柔寡断的样子，要尽量让他健康起来。"

姐姐说："小容，他的话就那么重要吗？"

"当然，当然，"我说，"这是他的。"

那天中午，我开口要求吃霉干菜。

"你要吃东西了？"

我不仅要求吃东西，脑子也突然变得特别清醒。我尝试着喝了点稀饭，喝下去后也相安无事。

姐姐马上打电话给张亮："你到宁城的各大超市去找这个东西。"

张亮不知道霉干菜是什么东西，他说："我忙得要命，好几个客户的合同要签。"

姐姐说："我不管，限你在三十分钟之内交回来霉干菜。"

"三十分钟？太久了吧？"我在边上叫，我真的有强烈的想吃东西的欲望，一分钟都等不及了。

于是姐姐又打电话给哥哥，哥哥说："我马上去买。"

十分钟后，这两个男人每个人都拎着满兜的霉干菜回来了。张亮说："我是在宾馆里买的。他们很长时间没有生意了，有些干货在清仓，所以一百块买了这么多。"

哥哥说："超市就有卖，我买了三十包。"他买的比张亮的多，可是只花了五十多块钱。

张亮说："这是什么东西，便宜成这样？"

"这就是青菜晒干了。"姐姐解释说。

"我还以为小容要吃海鲜呢！"他说。

他们合伙把霉干菜烧好，兴冲冲地喊我吃，可是我吃了一口就感到不对："这不是妈妈烧的那味儿！"

哥哥挂在脸上的笑凝固了。

姐姐说："一样的，不信再吃一口，妈妈烧的跟姐姐烧的是一样的。"

我摇摇头，一口也不想吃。

哥哥说："小容，人要往前看，不要想着过去，没有的就是没有了，想也没有用，你都这么大了，应该学会坚强。"

我反问他："我哪里不坚强了？我不是很好吗？"

"这就好，凡是你的决定我都尊重，只要你想吃什么我会尽量帮你买到，但是你一定要活得好一些。"

后来我就把这些话发给了你：

哥哥让我活得好一些，好像我活得不好似的。不过，我现在不呕吐了，今天晚上我还吃了两个西红柿、一个苹果呢。

但是你不在，所以生活只能将就着。我从家里搬出来跟姐姐住，等你回来我就搬去跟你住。先住着，然后再办酒席不迟，因为现在大家都不太喜欢出门吃饭。不知道到时候会不会有人笑话我的肚子，我感到它一天天大起来了。知道吗，姐姐跟张亮恋爱起来了，张亮的钱一天比一天多，多就多吧，我也管不着。

现在我最喜欢谈你了，原来跟妈妈谈，她对你可真知根知底啊，原来你有那么多好玩的故事……

想你的滋味真不好受，不过，知道你心里只有我，知道你肯定在想着我，这也不算太坏。

我现在不怎么怕你死了，因为我知道那是不可能的事情。我不太担心了。上个月，不，就是这个月的前几天我还一直担心来着，惶惶不安。

我现在还感到很疲倦。姐姐已经带我去看了妇产医生，他们说没事，所有的一切都是正常反应。是啊，吐得黄胆都出来了，只要是正常的反应，大家就能够照常说笑了。

但是我不能再烦躁不安了，而且要定期接受检察，这很重要。

哥哥昨天去了上海，他说家里不是人待的地方，他说把事情处理完了就回来。我觉得他现在的问题才叫大，自己的老婆变得他都不认得了。

现在我要跟你说说我们的宝宝。医生说到这个星期，宝宝已经有手臂和腿了，而且外耳也长出来了。虽然现在它们还在头部的下方，但随着脑袋越来越大，耳朵就会移到两边合适的位置。很快，我说话的声音他就能听见了，他第一个听到的将是我的说话声。过不了多久，小宝宝的眼睛也会慢慢长出来。听人说，妈妈心里想着谁，孩子以后就一定像谁，所以我觉得他一定会像你。

医生对我说，让我最好不要吃辣味的以及像咖啡之类的东西，最重要的是不能生病，因为一生病就要吃药。医生说，再没有比药物更加对宝宝不利的东西了。

所以，我这几天一直很好，不生病，能吃饭，到了晚上就老老实实地躺下来睡。宁城的气温也正好，当然我们大家都盼着能热一点儿，因为专家们说，温度升高后会不利于病毒的存活和传播，他们预计在六月份能完全控制住这种东西。

这些信可不是一次写的，我每天写一点儿，写完后就发，反正我想把跟你说的话都说出来。

令人高兴的是，你总能及时地回复我。而且你的信总是那么充满着智慧，一个错别字都没有，温柔体贴，这不就是我想得到的吗？

容，我的病情正在一天天好转，你完全可以放宽心，一心一意把身体养好。听说你不吐了，真让人高兴。我希望我回去看到的是一个健康美丽、开朗坚强的女人。

容，我觉得哥哥的话说得对，你应该学会坚强。你想一想，你接下来会发生许多生理和心理的变化，你的肚子会越来越大，你的脸上将会长斑，我不是吓你，你的身材也会变得很难看，这些你都要提前想到。

你还应该想到，你还要像你嫂子或者其他的妈妈们一样，给孩子哺乳、洗澡，把他从零岁养到三岁、五岁、八岁，甚至十八岁，这一切你都应该想到。

你还要想到，他可能健康地长大，也可能一出生就有些毛病。我说这些不是吓你，是想让你明白，人生充满着不确定性，什么都有可能发生，什么都有可能存在，你唯一能做的，就是让你的心学会坚强，当你坚强了，就能够对一切变故安之若素……

事实上你自己也清楚，一件事总有它的对立面，在一个地方有爱人的欢笑，另一个地方也有被背叛者的失落，有生命降临，也就会有死亡光顾，这一切你都应该想一想，然后让自己学会坚强！

“坚强”二字在你的信中频频出现。你像妇人那样喋喋不休。我于是回信说：

你像医生那样内行，你什么都懂。你聪明极了，虽然你小时候做教师的理想破灭了，但是现在，你只要想做到，你就一定能。你一开始想得到我，你做到了；你后来想让我和妈妈和好，你做到了；你现在想做一个好爸爸，你肯定也能实现！无论为你做什么，那都是值得的。

从五月下旬到六月上旬，我们的信件来往频繁。我沉浸在与你的沟通、宝宝成长的快乐中，每天都心平气和。一开始，姐姐日日夜夜地陪着我，张亮只是白天来坐坐，向姐姐汇报汇报这几天的战果。

除了陪我，姐姐最热衷于逛街，她说这时候街上人少，商场人少，买什么都可以狠狠地还价。短短的二十来天，她和张亮买回来床、书橱、真皮沙发、洗碗机、油烟机、空调和家庭影院。张亮照样忙得很，所以大多数时候都是姐姐出去买东西。

可是有一天我发现她回来时脸色非常不好，她不像以往那样乐呵呵地跟我炫耀。她总是怪怪地盯着我，盯得我心里发毛。有时我的眼泪掉下来时，她也会伤心，我觉得她有什么心事。还好，她的坏情绪是非常短暂的，几天后她恢复了正常，我感觉到她是真的想把将来的生活安排到这儿来。

后来我发现了一个秘密，每天晚上张亮都说“走了、走了，太累了，回去睡了”，然后我就能听到房门“嘭”的响声，可是我第二天早上总能感觉到男人的气味。有一天晚上，我半夜起来上厕所，听到姐姐房间里有人说话的声音，我明白了，她故意把张亮放在柜子里的皮鞋藏了起来。等到姐姐起床时，我再一次亮出了自己的疑问：“你不是说过，男人到底不一样，和不喜欢的男人上了床就好像到阴沟里踩到屎一样恶心吗？”

“那是！不过，我说过了张亮还行嘛！”

“你爱他吗？”

“这个啊，他倒是有点儿诚心的。你看，房子买了，还是我的名字，我来才几天，就能这样信任我，不是爱情是什么？”

“你爱他吗？他身上除了钱、除了听话的特点之外，还有什么让你喜欢的？他让你欢喜吗？”我严肃地问她。

“有钱又能听话的人，还不够吗？”她反问我。

“不够，你要看到他就感到万分欢喜！他不舒服，你的心也痛，他冷了，你自己恨不得添衣服！”

她连连点头，好像对我的观点很赞同的样子，嘴里说着“是吗？是吗”“好的！好的”，她说话的时候，眼神是飘散的，根本就没有与你推心置腹的打算。尽管她坐的姿态非常优雅，气质也很高贵，脸上有对世事了如指掌的精明，可是在谈到这个问题时，她既不讨价还价，也不据理力争，那种左顾右盼的模样就像是在谈论我们身边的一件家具、一颗纽扣。早晨的阳光照在她细嫩的皮肤上，我第一次发现那被张亮夸耀有着像鸡蛋白一样皮肤的面孔其实是像鸡蛋壳一样坚硬。

我想她早已打算好了。我闭了嘴。

第二天晚上旧事重演，我有了保护姐姐的冲动，跑到她的房门前直截了当地冲着里面说："你们不要再这样了，如果真心相爱就结婚吧!"

姐姐突然有点儿不好意思了："现在结婚不好办酒席，也不能出去旅游，还是迟一段时间吧。"

"那好，等郅诚回来，我们俩一起办。"

姐姐的脸就不自然起来，她开始闭口不谈了。我说了许多计划，比方说到黄山上去结婚，在飞机上交换戒指，或者到教堂去宣誓——现在到教堂也不是什么新鲜事了。

姐姐的脸色越来越难看，她跑到我的房间里来东拉西扯。她说："小容，你觉得姐姐会幸福吗?"

我说："你自己不清楚?"

"可是，在像你这么大时，我不幸福。我嫁的男人是个罗锅，走到哪里都受人歧视，被人背地里笑话，你懂吗?"

"我懂。"

"可是你看，我现在也有了幸福。那说明，只要我们能挺过来，幸福总会属于我们。"

"我也挺过来了。"

"不，你还没有面临更大的考验，你不要认为现在的生活已经是最大的打击，只有失去最爱的人才称得上真正的打击，到那时，能够挺住才是你的本事!”

“我已经失去过了，我失去了两个妈妈，我已经挺过来了。”

“假如，我说假如，要是郅诚有个三长两短，你能挺过来吗?”

“哦，这是不可能的，人活着就要有信心，要相信爱情的力量。”

“我刚才已经说‘假如’了。”

“假如?”

我曾经作过这样的假设，我记得我的身体和脑子都不能继续“假如”。脑子嗡嗡直响，像有无数鼓点在敲，身子绵软，像陷进沼泽，不想翻身。

这个问题一进来，就好像乱针在扎心。再说吧，再说吧，一切都等来了以后再说吧。在没有到来之前，我要的是面对现在的和平年代。姐姐欲言又止，最终没有把话说完。我觉得她话说得太多了，我要睡觉。睡觉之前，我想到网上下载一些抒情的音乐听一听，我觉得胎教应该开始了。我还觉得这样子挺好，一切都很好。

真　相

张亮留在这儿的时间越来越长了。他现在可以随时要求开饭的时间，出去回来都用不着找借口；他训斥起手下的马仔可以放开嗓子了；接到业务电话时也可以当面唯唯诺诺不往阳台上跑了。有时，他站在洗手间的镜子前照来照去，好像镜子里藏着不太清晰的希望或者模糊的幸福；要是他太累了，就直接往沙发上一躺，斯文全无；吃现成饭也不觉得受之有愧了，不像先前还假装客人似的斯斯文文的；到了晚上也喜欢喝几杯了，因为激动以及业务繁忙，他睡得很迟，而且又不能出去娱乐，这使客厅成了他表演的舞台。暴发户的幸福感使他走路都会不由自主地摇晃，他的热情表现得很强烈，他得到金钱和爱情了，他说：我还有什么不满足？他这样一说就等于替自己所有的行为打上了“可以通行”的烙印。

我不由想起你来，想起你每天穿着雪白的衬衫到信用社去等我的日子，想着想着不由得就笑出了声。姐姐对于我独自偷笑感到紧张，她要求我有话就说出来。

“我想的事你未必能够明白，说出来你也未必高兴。”我用这样的话打发了她。

每天早上我们像一家人一样在一起吃早餐，看新闻。看新闻不是我们原来的习惯，就像洗手，就像在家里不出门，就像出门装腔作势地戴一个口罩，这些都是我们最近才培养起来的习惯。正因为装腔作势，所以大家都客气地、小心翼翼地说话，尤其是姐姐，对我、对张亮都是呵护有加。

虽然餐厅里没有装修，只有一张台子和六张椅子，还有就是姐姐从装饰城里买回来的几张油画。别看那几张画，一下子就凸现出女主人的品位不同凡响。

画买回来那天，姐姐把我拉到跟前看，问我怎么样。

“很好。”我说，“有品位。”

“听到了吗？小容不会撒谎。这样的好房子就得配这样的画儿。”姐姐兴高采烈地对着张亮说。

“那是，那是。”张亮怀里抱着的其他东西还没有放下来，一个劲儿地点头讨好。

姐姐趁势谈条件，“别光点头，下次我买艺术品的时候，你最好不要去，去了就只看价钱，真正搞艺术的人是不会先看价钱再看艺术的。你那个样子，就算买了，别人也会小看你的。”

张亮想说什么，声音到嗓子眼里又吞了回去。

“我知道你想说什么！贵了是不？挣了钱不会花，花钱像割身上的肉，说到底，活着不潇洒。不过，我有信心让你改变过来。”

姐姐对于自己一手布置的房间十分满意，她在我不再呕吐后得意地告诉我："你瞧，我在北京虽然没挣到什么钱回来，活得也不算自在，但是我总算学会了怎样享受生活。"

在餐厅里，我们谈谈形势、天气，还有流行时尚，也谈谈昨天晚上的梦。姐姐谈论北京的热情始终不减，她说：别看北京有时风沙满天飞，同时满天飞旋的就是人的发迹，一夜睡去，第二天就兴许冒出一个名人，而他说不定昨天还给你打过小工呢！

这种优越感始终保持在姐姐的脸上，也时刻刺激着不小心就倦怠下来的张亮。我看到张亮有时随随便便得像个主人，有时却又像个正在试用期的保姆，就忍不住哈哈大笑。我几乎像姐姐一样开心了。哥哥后来又来了几次，每一次来都苦着脸，心事重重，先前被我依靠惯了的稳重感消失得无影无踪，这使我对他有了意见，我对他说："你还是不要来，因为你忧心忡忡的样子真是不合时宜。"

张亮也说："是的是的，小容这几天变了，长胖了，也开朗了不少。"

但是这没有用，哥哥的脸色还是阴云密布。姐姐也好不到哪里去，除非你把话题引到服装、流行与如何装饰这个新房子上面来，才能让她开心起来。哥哥要求我躺着不要动，以免受凉；他同我说话也低声细气，似乎怕吓着我腹中的胎儿；如果姐姐为我准备的食物不够清淡，他也会说三道四。总而言之，他像个女人。有时候他整个下午都不走，给我讲故事，每个故事都是悲惨的。他说他听说一个女人，她的丈夫是个矿工，有一次矿里出了事，他死了。她一个人拉扯儿子长大，周围人也帮她，她最终战胜了悲痛，坚强地活了下来。

我发现他每个故事中都有一个坚强不屈的人，以至到最后，他讲出开头我就知道了结尾。猜中后我就哈哈大笑，他起先也跟着我笑，可是笑着笑着就不笑了，他的脸色又黯了下去。

我呢，最近新得到了一个姐姐，虽然说她发展男朋友的速度快了点儿，在我看来，那不过是错误的时间在错误的地点遇到了错误的男人，所以写的也是错别字。她的错别字令我不满，但她毫不含糊的个性还是给我带来了许多乐趣。不久我就觉得分离和思念以及孤独并不像先前那么难以忍受了。

我不再上班，早上睡到八点多，最大的兴致就是看阳光穿过窗户玻璃落在水泥地上，然后一点一点从东往西边移，碰到家具就冲向家具，碰到床就折向床，所向披靡。

然后我就吃各种各样的好东西。对于姐姐的安排，我来者不拒，吃起东西来狼吞虎咽，姐姐据此分析出我肚子里是个男孩子，这使我更为高兴。

还有的时候我坐在那里，既不看太阳，也不听新闻，一心一意观察风。风比阳光还要有意思，阳光善于长驱直入，而风真是无孔不入，丝丝入侵。我躺到床上，它吹到床上，我坐到椅子上，它也跟到椅子上，我披一条纱巾，它就来惹我的纱巾，让它变得轻浮。我于是咯咯地笑，笑过之后，我就在纸上写一行字：哥哥要来了。

果然，不一会儿，隔壁响起姐姐打电话的声音，再不一会儿，准有敲门声响起来。我为自己的神通广大而洋洋得意，他们则是灰头土脸，大有被耍弄后的失落。

还有的时候我什么也不想，只听着自己的太阳穴突突地跳。如此而已。

六月五日那天我印象深刻，因为姐姐打扮得尤其漂亮，她穿了一件白色的高领短袖衫，下身是一条雪白的及地长裙，衬得她的皮肤更加光泽白嫩。她的头发也盘了上去，露出细长的脖子，脖子和胸部的曲线尽情展现，把我和张亮都看呆了。

张亮说："你真漂亮。"

"哪儿啊，我都老了，小容才漂亮。"姐姐说。

"不，"张亮赶紧争辩，"是你漂亮，小容不够性感。"

姐姐刚刚还温柔的脸一下子拉长了，顺手一巴掌打过去："敢情你观察得还很仔细呢！说，是不是也在打她的主意？"

"冤枉啊，我只喜欢你。"

"你不是也喜欢过她？只不过她没有看上你罢了，想赖不成？"

电视新闻开始播报时，我请他们住嘴。

六月四日到六月五日，国内无新增和死亡人数，这是好消息，它使我的胃口更好，我一口气吃了两个鸡蛋，喝了一杯牛奶，然后我说："这就好了，这就对了，真不错。"

张亮显然对这样的早餐不太习惯，看得出他想适应这种饮食习惯，可还是不由自主地谈到包子油条，他说那些东西不够营养，不够卫生，可是他说的时候眼睛里闪着留恋的光。

我总能从他的眼睛里看出他说的是真话还是假话，哪怕是关于油条和包子，所以光听说出来的话是没有用的。他拨弄着手中的鸡蛋说："可是形势变化太快，我这个月连一万块都没有赚到。"

"哎呀，不要这样讲话嘛，赚不到钱又不会死。再说，你已经赚得不少了。"姐姐说。

"可是，那都是为你赚的。"

姐姐不高兴了，"为我赚的，你不住啊？"

"我住是住的，可是，哪一天你不高兴了，一脚踢开我，我还不乖乖滚蛋？"从认识的第一天起，他们就滔滔不绝地露骨地谈着钱，从来没有停止过。除此之外，其他的话题插不进来。

"你后悔了？"姐姐把手中的调羹重重地放到盘子上，"后悔还来得及啊！"

"我怎么会后悔？我是怕我挣不到钱，你就不要我了！"

"你说什么？敢情我就是冲着你的钱来的？"姐姐彻底生气了，她又把茶杯重重地放到桌子上。

他们不再说话。突然有一阵风从敞开的门窗中吹进来，直冲着坐在风口里的姐姐，吹乱了她后颈窝新生的短发，吹动了她长裙的下摆，好像要把她吹到什么地方去似的。她跑到房间拿了一只钱包，对我说了一声"去买菜"，说完打开门，出去后再把门"嘭"的一声关起来，像是把烦恼隔断一样。

留下两个不相干的人坐在已被席卷一空的盘子旁。

张亮坐在那里不走，我也不好意思走。半天，他像是下定了决心似的说："你知道，先前我是爱你来着，可是我想你不会爱我……她到你家来那天，把我吓了一大跳，我想这不正是命运给我的机会吗？不给我这个姑娘，给我一个一模一样的也行啊……她也不难接近。你看，她现在的火气很大哟，说什么都不是！”

我只是听，不想发表意见。

他继续说：“她花起钱来真是大方。当然了，我不懂艺术，可我要是不会挣钱，她哪有爱好艺术的能力？”

“你嫌她太会花钱？”我冷不丁儿地说。

“不不，不是这样。”他不好意思地把脸低下，两只手开始不停地交叉，“对自己爱的人，我还是舍得的。只是……”他顿了一顿，“要是我以后挣钱不像现在这么轻松了，对，就是像去年或者前年一样，她会不会不爱我了？又或者她还像现在这么花钱的话……”

凭着多年的邻居关系，这一点我还是心中有数的，他虽然抓住了时机，发了一笔大财，但是谈到做生意本身，他可并不内行。对于市场，他也没有什么周密的详细计划，可是他已经忘掉三个月前的工作情况了。这几个月的好运使他误以为以前的一切都可以抛弃了。他以为控制了命运，可是恰恰他的幸福是被命运摆布来着。他想不到这一层，把赚到手的大钱当成自己的招牌，如今生意不好做了，只好不断地埋怨命运。

他对着我说：“我观察了很久，发现你姐姐太注重享受了，过日子又不肯节省开销，她喜欢的东西都是好东西。你看看，就是一句‘住在高山流水的怀里’这句狗屁不通的话，她就花了我几十万。还有，她穿衣服只认名牌，香水要用法国的，就连吃大米都要吃进口香米……这往后还要装修房子、结婚，结了婚还要生孩子，这样下去得要多少钱才能够花呢？她是容貌出众，可是到底结过婚，我这么迁就她，只怕没有好下场。”

他话还没说完，手机响起来。他一看号码，也顾不得听我说话了，马上对着电话一个劲儿地说：“是、是、是，好、好、好，一定、一定。”

放下电话他又有些兴奋：“又有一个人要货，而且是大批量的，看来这生意还能做下去。”

然后他就走了。

姐姐回来时手里拎着鱼、虾、鸡，还有一些青菜：“你瞧，都是能给你肚子里的宝宝提供营养的东西。”

我说：“姐姐，你以后花钱省着点儿，你在北京也是这么大手大脚吗？”

“当然不。”姐姐边洗手边冷笑说，“他一定在你跟前讲了什么。你瞧瞧，小心眼儿的男人。这些小钱都舍不得，以后还靠他一辈子？我就是想由着性子来，试探试探他有几分真心。像我这样的人，再也输不起了。我现在要是不看准了，到时候后悔可就来不及了。”

我于是朝她笑笑，除此之外，我不知道应该说什么。

她接着说：“我到底跟你不一样，我不会像你这样为爱情痴，为爱情狂，为爱情不切实际地空想。”

她接下来肯定又要做我的工作，说一些让我不要死心眼儿之类的话了，说到最后每每总是要求我把孩子拿掉：“你要是舍得拿掉孩子，就证明你真的成熟了，到那时我和你哥也就放心了。”

我于是转过身去，给她一个背影，算是回答。

到了晚上我把这些统统写到信里给你。

我抱怨说，夏天一来，我就觉得头昏脑胀。我仿佛觉得孩子已经会动了。最后我说，我不知道为什么有时我很想你，而有时却相反。不可否认，你不在家，我没有什么精神。就像现在吧，写着写着，就忽然没精打采、目光无神，不知想到哪里去了……但是最终我还是能把信写完，因为对于我而言，写信就是我继续过日子的理由。

不写信的时候脑子反而清晰，因为无事可干，所以就把认识你后的点点滴滴都在脑子里过一遍，把你说过的话一句句恢复原状：你羞红的脸、温柔的眉以及你我相处的种处情景。想到最后，我开始睡不着，心情烦躁，只好在房子里走来走去，走来走去……

六月十六日，我收到了你的最后一封信，你说：容，如果我不在了，你愿意独自把他养大成人吗？

我一看到这样的字，并不觉得有必要回答，就视而不见，犹如走到一条拐弯的路脚步自动绕开似的。为了不触及这些，我小心地在房间里来回走着。我听得见脚步的声音，鞋子摩擦地板的声音，微小但使我心惊，好像这声音就足以打破内心的寂静，我游魂一样的梦就会结束，所以我宁愿恍惚，宁愿看不见，并将这信息传达给他们——我周围的人，以免他们发出过大的声音来。

我继续给你写信。我再次提到孩子，提到他点滴的成长。我发现自己刷牙时齿龈较以往敏感和容易出血，医生说这是因为体内的血容量随之增加的原因，这是正常的，用不着减少刷牙和用牙线的次数，只要轻一点儿就行了。医生还说，宝宝成长的真正关键时刻就要到了。到了这个周末，新的身体结构将会全部成型。所有部分都长好了，从手指到脚趾，甚至性器官也成型了，虽然这时候超声波扫描还无法为你断定宝宝是男还是女。接着我写道，我现在长胖了许多，医生说还会继续胖下去，我和姐姐都没有变胖的经验，因此都吓得吐出了舌头。另外，我的脸上开始长出了斑，下次我得跟姐姐学着保养皮肤，以免让你看到我丑陋的样子。

哥哥昨天又从上海回来了。昨天嫂子也到这儿来看姐姐的新房子，她看上去瘦了不少，可是精神好了一些，她说了一些道歉的话，还说总算过去了。

这封信我写了很长时间，不知道为什么，到最后竟然写一个字要想半天，这显示我的脑子反应太慢了，不过，也有可能是怀孕期的正常反应。

我把信发出去的那天晚上，姐姐从外面回来，带回了哥哥。他们先是让我吃晚饭、喝骨头汤，哥哥问我的体重多少，吃得好不好，晚上睡眠好不好之类的话。我一概回答他说："好，挺好的。"

我想他应该无话可说了，可是他还不走，一直坐在客厅里喝水，喝了一杯又一杯，喝完了就去洗手间，然后又坐下来继续喝。

我觉得有点儿累了，就对他说："你回去吧，要不嫂子该担心了。"

他说："小容，你已经二十四岁了吧。"

我说是的。

他说："你已经不小了，你应该坚强一点儿。"

我说是的。

他说："人的一生有许多突如其来的变故，这就是命运。"

我说你什么时候成哲学家了。

他没有回答我，继续说："因为'非典'，死了不少人，不少家庭失去了亲人，但是到现在为止，还没有听说有人承受不了而不活下去的。难道他们不爱自己死去的亲人吗？不是，是他们坚强。"

我看到姐姐的身子绷得紧紧的，神情十分紧张，我想从沙发上站起来，回到房间休息。

哥哥一把拉住我，说："小容，你要面对现实。"

我说是的，我要休息去了。

"你要听我说。"

我只好不动了。

他说："郅诚已经走了，你知道了，是不是？"

我说："什么？胡说，你！他死了他自己不知道吗？他昨天还给我写信来着。"

"你知道那不是他写的。"

"难道是你？"

我感到愤怒，我被他拉在那里不能动弹。我准备挣脱他的手，这时姐姐上来了，她没有用言语来支持我，反而一把搂住我，大声地哭起来："小容，你哭吧，哭出来就好了。"

可是我没有哭，我把头扭到一边。我看到张亮也要哭的样子，我心里想，你发了一笔大财，那么有钱，又何必这副不高兴的样子？

哥哥说："小容，你醒醒吧，你不要再这样了，哥哥的心都要碎了啊！"

他们全体哭了起来。

可是我仍然没有哭。

哥哥说："许多病人都已经出院了，住了这么久，要好早好了。"

哥哥说："他是那种人吗？自己状况不好，还让你生孩子？"

哥哥说："他能天天发邮件，就不能打一个电话给你？他打过电话给你吗？你还是醒醒吧！接受这个现实，然后重新开始，重新安排生活。"

我觉得不要跟他们计较的好，这是我的真实想法。于是我闭上眼睛。

但是姐姐说："你再这样，别人会认为你不正常，到时候孩子生下来也会不正常的呀！"

听罢他们的话，我仍然没有哭，我慢慢地回到自己的房间，跑到自己的床上，躺下来。我打算把他们的话理一理，想清楚这个问题，可是我一想到你已经死了这个环节上就卡住了，我的思考就像被泥沙堵塞住了似的不能继续下去。姐姐坐过来，一声不吭，她默不做声的样子就像是路标一样提醒我往哪儿去。我偏不去，不去。

这样固执地坚持着。到最后，我发现自己身上一点儿力气都没有了，我想把白惨惨的灯关掉，可是我起不来，姐姐明白了我的意思，她伸手关掉了灯。天哪，全世界都一片黑暗，黑就黑吧，还有魔鬼在乱舞，我瑟瑟发抖，缩作一团，姐姐又赶紧打开灯，打开灯后外面的两个男人都冲进来了。

张亮说："送医院，送医院，挺不过去了。"说完看着哥哥。我也睁大眼睛看着他，他走过来，用手摸摸我的头，我的脸，他把我搂到怀里，搂住不放，然后他说："不送。"

我觉得有必要澄清事实，"谁谋害了他？谁有权这么做？"我大声地问着，看着这些像是胸有成竹的人们。

"没有人，小容，是意外！"

"谁让他得了病来着，谁传染给了他？"

"我们不知道，这个很复杂！"他们说。

"到底有多复杂，为什么有那么复杂？"我照样在这个问题上纠缠。

"这并不重要了，小容，不要纠缠这个问题了！"

我火了，冲着哥哥叫了起来："谁说不重要了？这个问题很重要！"

此后的三四天，这日子就奇妙了，耳边所听和眼前所见时常混淆难辨，每一件事都和另外一件事相互冲突。我有时像是在天上飘，天上的彩云朵朵，五彩缤纷，我腾云驾雾，飘摇不定；有时像在水里游，海底世界同样精彩，只是偶尔会透不过气来，听不到声音，看不到景致，只见那水里不断地有许多泡泡一个个化为乌有，但是那种独自漂流的感觉同样如梦似幻。总而言之，躺在那里，却能以不变的眼光望向无限远处。

但是他们不许，一直在我耳边捣乱。

我继续躺在床上看屋顶，左看右看，上看下看，我发现了视线有各种角度，俯视、仰视、侧视，可是平躺着不停转动的那种视线最为独特。以这种姿态向上直视，容易让人陷入沉思，因为大多情况下我看到的是天花板，那里空无一物。只有石灰，我心里知道这是石灰，可是怎么看怎么像盖在妈妈身上的白布。我看见它是晃动着的，慢慢地、慢慢地往下来，像是要将我整个盖住一样。我睁着眼睛等着这无边无际把我覆盖，我心里想，盖住就盖住吧，盖住就能和你在一起了……

和你在一起，多诱人的事啊，多么美妙的幸福时刻！我使劲看过去，看过去，用整个身子和心看过去。我看见你了，我看见你站在那里，朝我微笑；我看见你张开怀抱等我进去；我看到你的眼睛里全是热辣辣的深情。我闭上眼睛，恨不得立即就能飞越过去，可是我怎么也看不真切，怎么也不能迈开步子。我先是挪动胳膊，再挪动腰身，但是腰身很重，就像有东西在拖住我一样，越走越迟缓，越走越疲乏。但是我肯定能和你在一起，这一点我丝毫不怀疑。我却突然想起了腹中的孩子，可不能让他也去了，他可不能去那地方。哦，没事，那地方有我有你，不是挺好吗？既是如此，我应当随你而去。这种念头贯穿全身，我一次又一次地要到达这个念头中去，把自己交给它。我热烈地等待这一刻，可是这一刻始终没有到来——因为那个孩子，那个在我怀里开始触摸我的孩子——他在我体内轻轻地动作，微弱却不停止，我仿佛能感受到他的叫喊，他的挣扎，他的难以被自己表达的念头，他惊动了我。

我大叫一声，然后醒了。所有的一切到最后只汇成一点——呆子没有了！一切也都将随之被埋葬。此时我的心是如此疼痛，就像是有坏人不断地拿着针从我的后背往前胸扎，有节奏地、有条有理地扎，扎得我忍不住求饶。

接下来，我一点一滴地得知了真相。

在你母亲打电话要求你放弃我时，其实你已高烧不起。你企图独自面对，直到我开始怀疑。后来，你用手机和电话与我保持联系，一直到你不能起床为止。你在温度略有减退时就不断地向护士小姐申请，你要求打电话，要求发电子邮件。一开始，你的要求没被同意，可是你纠缠的能力一流，即使达到四十一度，嘴里仍然说着我的手机号码和你邮箱的密码，事实上它们是同一串数字。你的痴情终于感动了其中的一位。你并不知道她是谁，甚至不知道她的长相，可是你的愿望实现了。你不断地通过她们把你真实和虚假的信息传递给我和妈妈。一开始，她们认为自己的做法是正确的，你看起来有了好转的迹象。可是，你到底没能躲过这个劫难，你去得过于突然，以致护士不忍心把这个噩耗传来。

最后几天其实你是清醒的，可你没有像前几天那样急于争取联络的机会。没有人知道你在沉默时想了些什么。你的平静让她们感到吃惊，与你前几天在病床上对我的呼唤形成了强烈的对比，这种对比并不会使她们感到轻松，她们相信这是你对生命留恋的伤感表现。你在三天里做出了两个决定：第一，你主动要求在你去世后，将遗体捐献给研究单位以供对“非典”病毒的研究。第二，你向另一个护士交出你的手机和手提电脑，你报出了邮箱密码，你让她们打开一个叫“My Music”的文件，这个文件里有你写给我的数百封情书。你告诉她们，那是位脆弱的姑娘，不能把你的情况如实告诉我，你们得保证我不出意外。你口授的一个短信息的内容是：阿容，我很好，这几天恢复得很快，但是需要静养，放心吧。照顾好妈妈。

你说：她喜欢的颜色是白色，她喜欢的花儿是玫瑰，是野生的玫瑰。

你说：她不喜欢喝黑咖啡。

你说：告诉我的妈妈，她是好女孩子，你们要和平相处。

你还说……

你在妈妈离去的那天晚上病情突然恶化，没法扭转。

在这之前你的点点滴滴，你所有挣扎的日子，你所有的呓语，你用男子汉的坚强和无私所做的一切决定都被有心的护士们留在了这台电脑里。你在最后一刻也没有忘记叮嘱别人对我的照顾。

你做出的决定使所有的目光都凝聚在你身上，你无法接应它们，既不能用目光也不能用言语来回答它们。你听任人们在医院内外议论你，你听任每一个人目光的安慰，事实上是你的躯体在接受她们的照顾，而你的意志早已影响了她们。她们为你哭泣，哭泣的声音被多层口罩包裹住，可是那抽动的肩膀仍然使你感到骄傲，你想你已经做到你能够做到的最好了。

你用生命和爱感动了所有的人。你去的那天，整个病房哭声一片。她们打开了你的邮箱，继续扮演着你。

哥哥在办完妈妈的丧事后就飞到广城，为你料理后事。

后来，他和她们一起配合，他们都不希望我生下孩子，因为他生来没有爸爸，他把这意思表达了，可是发现这只会使我呕吐得更加厉害，所以决定同意我生下他。

可是他们没有料到，我确实在不断地恢复，我吃得很多，精神愉快，愉快到忽略了对你病情的慰问，愉快到满足于自说自话，愉快到对事情的真相不闻不问，愉快到如同活在梦里……

她们知道这样下去情况只会更糟，于是采用专家的意见，让我醒来。专家明确地告诉大家：其实她内心是明白一切的，只是拒绝接受真相，拒绝知道一切真相的可能，拒绝面对现实。

他们——护理过你的护士和我的哥哥——这些本来素昧平生、天南地北的人们，居然好像一个战场上的同谋者，频频通电话，通信，拟定信的内容，汇报我的状况。

我在不知情的情况下居然成了那么多人的牵挂，我以及我腹中的孩子，成了他们日思夜想所要保护的对象……

他们最终采取了他们认为对我最好的方式让我重新面对现实。

我见到了证实你确定存在过的一切：那只好久不曾充电的手机，那只用买钻戒的钱买回来的手提电脑，那只你拎着离开我的旅行包……包里装着我和妈妈各自亲手放进去的相框……

这些东西历历在目，而你却成了一捧灰尘……

一切都真相大白了，一切梦境都已消失，一切希望都已不在，一切期待都成了空！

我开始躺下来，开始静静地回忆，在我闭上眼睛的那一刻，你在梦境中出现，你的模样那样生动鲜明，以致于他们的呼唤显得那样空洞乏味。

在别人欢庆“非典”结束的时候，我躺了下来，开始清理自己的残局。我认为不受打扰比较好些，所以闭上眼睛不吃不喝，对一切都充耳不闻。

他们再度把我送进了医院，送进了这个可以接近你的地方。

那是怎样苍茫昏黄的世界啊。亲爱的，十年之后，我仍然记得那刻骨铭心的日日夜夜。承认你已死并不难，难的是如何面对那不再有你的生活，找到继续活下去的力量。

他们没有办法让我开口，让我吃，只能强行用静脉注射的方式来给我增加营养。

一连五天，他们轮流守候，说尽了一切活下去的理由。他们说：你还这么年轻，不应该看不到希望。可没有你还有什么希望？

他们说：你瞧，这世上有多少人在关心你呢！可更关心我的那个人却不在！

他们说：你想想肚子里的孩子，那是他的呀！可是你并不希望他来到人间，不是吗？你的态度我早已明白，你不在，留下他面对如此凶险的世界，你说这其实不是明智的爱！

他们说：活下来吧，我们爱你。

最后他们拿来了你的手提电脑，他们说：他来信了。

别哄我了，我知道你不可能再给我写信了。我仍然不言不语。

看看吧，看看吧，你看看吧。

我不看，然后姐姐念给我听：

方容：

你并不一定认识我们，但是一个多月来，我们已经通过“呆子”对你了解得很多很多了。

读到这些字，所有事都真相大白了，想必你正承受着失去他的打击。

他是我们病房一百多名病人中生命力最强的一个，他在几度恶化中挺了过来。他念念不忘的就是你，我们一度也相信如此强烈的爱心定能让他渡过难关，但是最终他没有。

可他仍然是如此与众不同的一个人。

许多人在病情恶化时都会有烦躁的情绪，甚至放弃生的挣扎，主动向死亡妥协，有的病人会抗拒来自外界的救护，而他，在一次又一次的痛苦面前都表现得无比勇敢，从不放弃。

他在入院时带进来一台手提电脑，通过这台电脑，他一直向你报平安，其实他所报出的每一个平安都是通过别人的手。他的体温居高不下，他的情绪非常不稳，他没有开口的能力，可是他用各种各样的动作表示着他的愿望：我要报平安！事实上他不平安，他频频昏迷，使他对时间已经没有了概念，不，是更有了概念，他知道每一分每一秒都对你那么重要，他那么迫切地需要让你知道他的平安。他一再地指向那台手提电脑，手提电脑上有你的邮箱号码，你们相爱的所有秘密：相片，信件。当他对自己病情的反复有所了解时，他就把你的资料告诉我们，希望我们能够帮你一起度过。从此之后，他一直用谎言安慰着你和他的母亲，即使他生命垂危之际，我们仍然帮他发送平安的消息。可是，谁能说这些诺言不是无价之宝呢?

最后，他决定把自己的遗体捐献出来以供研究，这一切都让我们备受感动。

他走得确实出乎意料，反而那些一度下了病危通知的人却最终熬了过来。

他的离去，对我们也是一个很大的打击，我们为自己的无能为力而绝望，我们一度无所适从，不知道自己到底有没有能力去挽救那些非常热爱生命的人。

好在，他留给我们一个艰巨的任务——帮你渡过难关。

我们对你自然也充满了好奇，一个被如此不平凡的男人所爱着的女人肯定也是非常优秀的女孩子，不可否认，我们的猜测是正确的。

在他母亲发病之时，你能够忍受巨大的压力去帮助别人，保守秘密，独自承受这些常人难以承受的痛苦，我们知道后也很感动。

得知你怀孕后，作为女人，我们很希望你能够在爱人已去的情况下放弃孩子，可是那时你已经表现出不可逆转的固执，你身体非常虚弱却执意要留下孩子，我们考虑到孩子的存在可能会使你在将来面对真相时若产生轻生的念头会有所牵挂，所以我们后来假装同意你生下他。

没有想到，此时你已经猜测到了真实的状况，你却装着浑然不觉，继续和我们通信。

你情绪的好转正是我们期望的结果，但是你后来的情绪镇静得太异常了，你不发短信，不问他的恢复状况，不提出过来看他，甚至不问他为什么一直要住下去，我们就意识到你在逃避现实了。

这种状况发展下去，最终将导致你精神异常，所以在与你哥哥商量之后，也请教了专家，我们决定让你醒来，面对现实。

我们想象得到，这对于你来说是怎样的一种惨重的痛，你肯定会沉浸于悲伤之中。我们只能说，爱情是忠贞的，他的离去是命运的残暴。命运是如此乖张，我们有时斗不过它，但是如果我们被它所击倒，那么这也正符合了它的愿望。所以，纵使他去了，你也应该挺住，和它对抗到底，它那还想掠夺的心最终会因为你的坚强落荒而逃。

活下去!!!

我们期待着你和你的宝宝能够平安地走出这场劫难。

这不仅是你应有的本分，这也是他交给你的任务。我们相信活下去是你对爱情应尽的责任。

广城某医院感染科的医护人员

那么一封信，她读了好半天，她读的时候把眼泪滴到键盘上，我听到被眼泪扰乱了的音节，不甚分明，到最后几乎是呜咽一片。

我“哇”的一声哭出来，哭了很久很久，哭得自己的腹部和腰都疼得要命。人生的幸福和灾难啊，为什么我们对你一无所知，而你对我了如指掌？我们这些盲目的心灵，为什么对将来的事一无所知？谁制定了这么残忍的游戏规则？谁导演着这场悲剧？

没有答案。

我不能想象这就是我的命运，我想纠正这一切，可是不断有人提醒我，我所纠正的才是虚幻的，是我的梦。我的现实就是失去，失去你，失去一切，失去我无数次矗立的渴望啊！

我不断地纠正别人也被别人纠正，我好像觉得自己置身于一场熊熊燃烧的大火里，正在燃烧，可是我感觉不到灼热的疼痛，相反，我周体麻木。我想大火应该让我烧到死为止，那一刹那我想永远睡去，什么也不想再面对……

洪　水

醒过来之后，我拿到了你的手提电脑。那里面有你写下的许多日记和为我制作的网页。文档里贮存着许多重要的文件。我建议你买下它是希望它对你的工作、出行以及学习都有帮助，可是我打开屏幕第一个看到的是我的相片，打开D盘第一个文件夹，看到的是你写给我的信。那命名为“写给容的信”的文件夹中，一封封信整齐有序地排列着，我双击鼠标打开其中的一个文档：

我今天遇到了一个天仙一样的姑娘，她的头发乌黑发亮，直直地披在肩上，眼睛闪着柔和的光芒。她穿着雪白的衬衫，看上去那么洁净、清新，像春天花园的气息。她肯定不是城市姑娘，城市姑娘的头发五颜六色，脸上涂满了各种脂粉，衣服千奇百怪。而她一点儿不像。这不就是在我梦里频频出现过的那个姑娘吗？她害羞地坐在那里，美丽的手指敲击着键盘，举止恬静，仿佛就是银行里面的一幅画。这幅画使这个地方一下子亮堂了许多，使这儿明显与众不同。

为什么她周围的人那么镇静、随便？难道没有人发现这一点？为什么他们那么平淡，像是见惯了一样？真是奇怪的事情。

接下来的一封：

自从第一次见到你后，我就不能恢复平静了。可是我得冷静，我得搞清楚这是什么样的一种情感。我为什么会如此手足无措，六神无主？我为什么会如此控制不了自己的情绪？当然我也管不好自己的腿脚和眼睛！我不知道我泄露了没有？我不知道我能给你什么样的印象？我甚至不知道自己衣着是否得体？我该如何平静？

我只知道你叫方容。我就知道这么点儿。可是我情不自禁又想见你，我来的次数太多了，感觉到别人已经注意到我了，可是除此之外，我还有什么办法接近你？难道像花花公子一样隔着柜台约你出去？我知道那会吓着你，我只有来存款了。

另一封：

我递上钱，你看我一眼，好像看透了我的心思，不过，你的目光温和而友好，这说明我不至于让你厌烦。我真的希望自己有勇气向你再走近一步，但我害怕你受到惊吓，所以迟迟不敢再向前一步……

我又打开一封：

我把昨天晚上写好的信打印出来放在口袋里，套上信封，可是我不敢拿给你，一接触到你的眼睛，我就失去了信心，这种事，不成功则成仁。

可是我练习了上万次的那句邀请，非说不可的话，结果还是没开得了口。

你冲我莞尔一笑，为什么不打电话呢？我的疑惑不翼而飞，我真真切切地感受到了爱情的信息，你同意明天和我一起去看电影，这个消息太重要了。今天晚上我想我不能入睡了，我真想再打个电话给你，确认一下，这是否是个真实的消息。

不要问我原因，有什么原因呢？如果真有，就是你的沉静，你那天然的安静，它让我感到生活美好。

……

在最初的时刻，你是那么软弱和胆怯，可是现在我知道短暂地离开你，我也能够放心，因为你已经学会了生活，你不再一味顺从了。你虽然不爱喝咖啡，可是你爱看电影，你喜欢图书馆，你在看排球比赛时也喜欢热烈地喊叫……我喜欢你的变化，当然，你的过去仍然那么美妙，一切都如此美妙。

我的同事对你很感兴趣，我于是说了许多，可他们感到不满意：难道她就没有缺点吗？我想了一想，对他们说，我和她在一起的时候，周围的一切都是温馨的，我喜欢她的一切，她的脸，她说话的样子，她的气质也非比寻常。但是我不能说她没有缺点，或许在别人眼里，她算不了完美，她的忧郁，她的过于沉静，以及她的脆弱，但是对于我来说，她就应该是那样的，理当如此，无可非议。呵呵，看把他们笑得，说我活在童话里。不错，有你的生活天天是童话。我想带你回到你的故乡，在那里种上满山的山果，满山的玫瑰，在夕阳里晒着柔和的落日编程。我喜欢我的工作，但不喜欢让你在尘嚣的城市里受委屈。不管城市有多么好，你不喜欢，那它就不好。

读罢这些信件，我缩到被窝里，那一瞬间，浑身发冷。我看见自己的心阵阵紧缩，这点点滴滴的回忆深深地击垮了我，不，它重生了我。我已经记不清那夜的泪流到几时，又几次从痛哭中晕厥，一整夜或者两整夜或者三整夜我都像失忆的病人一样毫无思想。从他们灰白的脸上我知道了自己的状况，他们一次次地呼唤我，一次次乞求我醒来，可是这与我有什么关系呢？这不堪回首的一切，叫我怎么面对？

我多么希望以上都是我的虚构啊，但屹立的事实修改了我的句子，修改了我的命运，我得按照事实进行誊写……

不知什么时候，窗外滴滴答答地下起了雨，一开始只是断断续续地敲打着玻璃，不一会儿就更大了，它打落在窗户上，又从窗户的缝隙里淌进阳台，漫漫地流淌，淌到我的脸上，我的眼上，我的心上，使整个空间湿成一片……

我听见体内有声音悄悄对我说："他已去了，你活着已没有什么意义了。"

紧接着另一个声音却说："活下去，为了爱情。"

"可是爱情已经不在了。"第一个声音反驳说。

"不，"另一个声音说，"爱情还在，只是他出了远门，他没有抛弃你，他留下了爱情的结晶。他在默默地祝福你，期盼着你幸福，快乐。"

"没有他哪里有快乐？"第一个声音有些愤怒了，"人都不在了，还有什么幸福？纯粹是无稽之谈，骗人的把戏！"

"不对，小姑娘，"另一个声音又响起，"你心里清楚，他没有欺骗你。如果说有欺骗，那也是命运，但爱情也应当是一种信仰，你信了它，拥有它，就应该听从它的召唤，好好活下去。"

……

我睁开眼睛，身边的椅子上伏着的姐姐还在酣睡，我看着她疲倦的后背。世界上还有非常疼爱我的人啊，尽管最疼我的那个人已经去了。

去了，去了，没有回过头来的可能了！我从床上起来，扶着床头柜，慢慢来到窗前，看着还是微光的早晨。眼前模糊，所有的事物，一片迷离。

我开始感到饥饿，我要求吃东西。她们给我端来鸡汤，我慢慢地喝着它，感觉不到滋味，但我仍然强行吞咽。有什么东西在往我的胃里去，慢慢下坠。我明白那是痛苦，你遭受过的痛苦使我更加爱你，我遭受过的痛苦使我更加明白我爱你。

姐姐的脸上露出胜利的惊喜，我感到一阵怅惘。

吃完东西，我又要求出院，这正是他们期盼的结果。姐姐打了电话给哥哥，然后办理了出院手续，扶着我出了医院大门。医院外面的阳光铺天盖地，这城市依然故我。

风波平息后的宁城，依然是快乐的宁城，是五彩缤纷的宁城。通过风或者新的广告语，就能将忧伤洗涤得干干净净。马路上的霓虹灯流光溢彩，喜形于色，大肆张扬，广告牌上的美人笑容可掬，妩媚动人。我知道这一切都会消失。鸡汤、食欲、胜利的惊喜，一切都会消失不见，包括我自己，包括悲伤，包括对你的思念，自然也包括你。

姐姐说："慢慢走，慢慢走，姐姐扶着你。"

哥哥站在一辆出租车跟前，打开车门，等着我上车。嫂子带着方帅也站在一边。姐姐把眼睛一挑，对哥哥的意图视而不见，她挥手就招停了一辆车。我分不清这辆和那辆的区别，其实也没有什么大的区别，有区别的将是它的行走路线。

嫂子快步走到将启动的出租车跟前，把自己的目的说了出来："小容，传染病都结束了，你应该回家了。"她嘴角带着隐藏的委屈，仿佛明白我即将辜负她的一番好意。

果然，姐姐说："让她跟我住吧，我这么多年来都没有好好照顾过她，这回轮到我了。"

她说话的时候把自己的反感平分给了每个吐出来的字，使反感得到了很好的掩饰，乍一听，以为反感根本就不存在。这口气使嫂子得到了鼓励："你们可是方帅的亲姑，可不要跟我计较什么，我做的这些可都是为了方帅啊……"

她的话被性急的出租车甩了个老远，以至于后半句的字被空气和阳光瓜分了。

到家的时候，张亮已经做了一桌子好菜在等我们。姐姐一见就叫了起来："你还有这么好的手艺啊，藏得很深嘛，只为小容才拿出来是吗?"

她夸张的声音掺杂着厨房里的鱼香味，好像是精心设计的台词和布景。吃饭的时候他们也装得十分开心，他们口头设计着房子的布局，把颜色说得鲜艳夺目，以期转移我的注意力。事实上，任何手段都无法阻止我去想你。新生活的布局，我们早就有了。你给了我一个无限丰富多彩的想象空间，我在那个空间里勾画各种各样的生活工具：锅，碗，席梦思大床，长长的落地灯，景德镇制造的花瓶，里面装满挂着水珠的鲜花。那时的生活怎么会那样美好？窗户半开着，微风荡起带花边的窗帘，我不时地把微笑着的脸庞向你转过去——我喜欢你那热烈的眼神来回应我的妩媚。

窗外，一株大树轻轻摇动，树叶在舞蹈，窗帘在舞蹈，我的心也在舞蹈……

我甩不开这些，甩不开。

我推开碗筷，进了自己的房间，把装腔作势的热闹和装了夸张器的笑脸都关在门外。

不一会儿，姐姐就把枕头抱到我的房间，要求陪我午睡。

“不用了，还是一个人自由，一个人可以放松一些。再说，现在外面都松动了，你们也应该出去走走了。”

“那你也去走走?”

下午三四点钟，我就在姐姐的要求下下了楼。出门时，她特意穿上一件红色的线衫，也建议我穿件绿色的外套。

我这才发现我所有的衣服无一不是黑色的。

到了楼下，她马上和刚刚搬来的家庭主妇们热络地聊上了，东拉西扯起来。

我听着听着就会走神，像是有东西拉扯着我的听觉神经似的。

看我没有心思，姐姐回过神来，把打开来的话匣子赶紧收回去，“我们到别处走走!”我低着头，在楼下的石子路上走着。在柏油路上走着，远方苍穹在上，遥不可及，目及之处全是荒凉。我走啊走，天边还是那么遥远。我看见一家超市，又看见一家书店，再就是小吃店、花店，一路前行，无所事事，直到苍穹隐蔽，路灯照耀大地，姐妹俩都没有找到可以甩掉阴霾的地点。最后到达一个不收费的公园门口，远处有喇叭传来流行歌手声嘶力竭的吼叫，冲撞着这看似坚不可摧的石灰水泥的墙壁和人心，同时飘向灰蒙蒙的天穹，也和我的迷茫纠缠在一起。我的脚步开始游移扭结，我的眼神也近乎游丝般昏暗……

姐姐及时喊我：“这样走不是办法，会累死人的，我们坐坐吧！离家已经很远了。”

“很远了？”我问。

“是的，很远了，我都不认得路了。”

于是我停下来，找了张椅子坐下来，她在我边上坐立不安的样子使我感到痛苦，我直接说：“姐姐，别费心了，我自己待着就是了。”

“不行，我得看着你。”

“放心吧，换了你会死吗，这个时候？”

“换了我，当然不会！虽然活着是痛苦了点儿，但是这种痛苦到底还是有个尽头，要是死了，双眼一闭，连死了情人的痛苦都感觉不到了，岂不是更加痛苦？”

“你这叫什么话？”

“什么话你还听不懂？好死不如赖活着。往后的日子长着呢！老天爷拿走了你的这么大件宝贝，说不定哪一天会还你一个更好的呢！”

“世上不会有更好的了。”

“这就不对了，你这么想确实说明老天爷拿走了你最好的，但只要是最好的被人家拿走了，那说什么都会还过来的。”

“谁说的？”我直视着她。

“妈妈说的。”她脸上的笑意一下子隐匿不见，“妈妈不仅是你最好的，也是我最好的，她走后我真想一死了之。但是妈妈说过，老天爷拿走了你最好的，总会还你更好的，所以我就想等一等再说，这一等就是十五年。”

“我怎么没有印象？”

“你太小了，才几岁，只晓得玩。”

“那么你拿回来了？是什么？”

“北京户口啊！”

“你胡说什么啊，它现在不是一钱不值吗？”

“我知道，可是在当时，确实是最好的呀。就像现在，你也认为失去的是最好的，再过很多年，这就不是最好的了。”

“不要说了，不要说了。”我双手捂住脸，一想到你居然会在我的心里变得无足轻重，我就心痛得要命。

我怎么可能忘记你，并且让别的什么东西取代你呢？你是如此的重要，我怎么能够做到呢？那些做游戏的小男孩的声音在夏暮的楼群中回响，我无法顾及。

“许多原来我以为好的东西都变得不重要了，就像我那件海军蓝的衣服，你总记得吧，那时穿上多么漂亮啊！可是现在，它不能再穿了。”姐姐说。

“住口吧，你！”我不忍心再听。

世界安静下来，好像专门腾出一个频道直播两个女人对于“最好的东西”的交流。这怎么可以谈？静下来就明白这是多么不合适。

两个人开始坐在板凳上一言不发。这种沉默倒比刚才的气氛自然得多，虽然心里有不尽的凄凉无从发泄。放眼望去，周围的景致一派祥和，禁锢了一两个月的人们开始蜂拥而出。人们穿上夏装，在明媚的阳光下聊天，小孩子们闹得尤其开心。一个小女孩一边飞舞着手上的玩具，一边转着圈儿奔跑，自己又被自己的模样逗得哈哈大笑。我看着她天真可爱的脸，心里想：想必他们长大了也会遇到自己不能承受的痛苦！

我闭上眼睛，眼泪就顺着脸颊一滑而下。

“别哭了，小容，别哭了。”

一开始，姐姐的声音还像是在谈判，想说些诸如生活还得继续的话，可是她自己也发现了言语力量的微弱。作为姐姐，她感受到了那种不能受到规劝的哭泣的力量，于是默默无语，一直陪我到天黑。

天色暗下来，公园里的人都走光了，身边不再有孩子的嘻闹声，大人们也都收回散漫的步子，回到了屋子里，唯有车辆呜咽驶过的沉闷声，还有就是风的呼啸声。

风停下来后，紧接着就是霏霏细雨无声无息地从头顶往下飘洒。灯光到处都有，不过照到我们坐的角落，却是特别微弱而惨淡。

“走吧，走吧，你得当心点儿孩子。”

我站起身来，同意回家。

一进屋，同样是一桌丰盛的晚餐在等着我，张亮在房子里踱来踱去，随时要出去的样子。

“回来就好，回来就好。快洗洗手开饭了！”

可是我的悲伤就像是黑墨水，一不小心就把别人给染了。

他马上噤若寒蝉，不再言语。

从那天开始，后面的日子就越过越长了。七八件事情都想过了，时间还在原地踏步。每天吃同样的饭菜，换了花样它仍然是同样的饭菜，睡同样的床，住同样的房子，看同样的日落，听同样的雨滴打窗台。简直不能想象，这么慢、这么了无情趣的日子如何过得下去？天气闷热无比，更觉得烦闷沉重地压在心头。

你在我的心头留下了一个大洞，我不知道用什么办法将它填平。如果不填平，我自己会不会被这个大洞所侵蚀，最终融化成虚无？

没有答案，留下的是一片惆怅。

不知从什么时候，雨开始一直不停地下，一开始是小雨点，后来是暴雨；一开始是白天，后来它把白天和黑夜连成一片。

已是凌晨两点，我睡不着了，起来喝杯水，然后坐在床上看雨点纷涌着起哄，这时姐姐进来了。

“你有话想说？”我现在能够勇敢地对待他们的意图了，我知道这是我仅仅能做的一点。

“我刚才跟张亮商量好了，准备八月份结婚。”

“哦！”

“不祝福？”她摊开双手，歪着头，做出一个同电视上一样夸张的时髦动作。

“祝福？哦，是的，有人爱总是值得祝福。”我吐字清晰却神情漠然。

“我结婚后你就住在这儿，不要回到方帅家去。”

“你结婚不会是为了我有房子住吧？”

“这倒不是，对于你来说，这实在是小事。”

“小事？你觉得房子又是小事了？”对照她在宾馆里说过的那

番话，我不由得表示惊讶。

“可笑不是？经历一些事就能看清另一些事，房子跟你的幸福比起来又算什么呢？”

“我的幸福？”

“我想好了，看样子孩子你是非生下来不可了，所以决定留在这儿不走了，帮你把孩子养大。”说完，姐姐的眼里涌出一种类似悲壮的东西。

“我？孩子？养大？”我一片茫然。

“是啊，你的腰身都能看出来了，再不拿掉就难了，你一个没有结婚的姑娘，拖着个孩子，以后怎么生活？”

“所以你准备结婚？你是为我跟他认识的？”

“开始不是，可是现在，我有这个想法。”

“我不要你为了我或者我的孩子来押上你的将来，你这样做我不会领情。”

“我不是为了你领情，我是有责任帮助你。”

“我不要你帮助。”我打断她。

“你瞧瞧自己现在的样子！继续这样下去，一天到晚萎靡不振，我现在不仅担心你的健康，我甚至担心宝宝在你肚子里就一天到晚品尝苦水，这样子其实不如不要的好。”

我正欲发言，她却打断我：“我知道你是不会拿掉这孩子的，你的心思姐姐太明白了。姐姐虽然不如你痴情，但是也爱过，也有过这样的经历，所以我不反对你生下他。可是你将来所要面临的就是非常非常残酷的现实，你会因为应付现实而焦头烂额，或者堕落，要不就是被道德的枷锁压得透不过气来，所以我决定承担下来。你哥哥，还有我，会和你一起面对，你就放心地面对吧！”

“你嫁人就是为了给我养育孩子？他愿意？”

“我想他愿意，他很爱我。”

可是事情不像她想的那样，第二天他们在房间发生了激烈的争吵，我先是听到了张亮的声音：“我当然是愿意结婚的，我当然是愿意帮你妹妹一把的，但是劝她把孩子打掉不行吗？”

“怎么？你反悔了？”姐姐娇嗔地说。

“不是不肯，”张亮支支吾吾，“只是现在有了一个，到时我们还能有自己的孩子吗？”

“不能生就不生呗！”姐姐很干脆地说。

“那我岂不要绝后？为了你妹妹你让我绝后？”张亮的口气明显带着惊讶和愤怒。

“什么思想？现在孩子就那么重要？实在不行，我就再生一个。难道你看着她未婚先当妈妈，被人指指点点？”

“那就干脆劝她打掉啊，生下来有什么意思？”

“打掉肯定不行，你就爽快点儿吧，如果同意，就结婚，不同意，就不结婚。”姐姐的声音提高了，明显严肃起来。

“同意，同意，小姑奶奶，我同意，行了吧！”张亮不满地嘟囔着。

窗外突然雷声大作，电光闪闪，我被吓了一跳，赶紧逃回房间。可是房间里照样能听到狂风呼啸而来，紧接着雨声四起，雨声呜咽着，像孩子的哭声，我只好躲到被子里，用被子把头严严实实地裹起来。

这场雨一连下了三天三夜，有时滴滴答答，有时狂轰猛击。一开始，雨点只是铺了地面一层，第二天就开始堵塞了下水道，随即破坏了小区的供电房，淹没了车库，再以后淹没了走向街头的路，把所有接近地面的东西统统浸泡在水里。到处都有人喊房子渗水了，厕所溢水了，到处发霉溃烂，许多卑微的生物趁机生出来，又随即死去。一楼玩具店里的玩具在小区的中心广场漂泊，老板左抓右扑，搞得全身湿透。

张亮已经连续四天没有接到要货电话了，他坐在客厅里看电视，照常和姐姐有说有笑——可是他们虚假的亲热像三流戏子的戏，越演越差，一不小心就被观众看穿了。因为无聊，也因为怕冷场，他开始不停地说话，企图使气氛活跃起来，他在屋子里踱来踱去。

“别心神不定了，‘非典’结束了，你的发财梦也应该醒了。”姐姐一边擦着窗户上的水花儿，一面用嘲笑的目光提醒他。

“哪里的话，照你这么说，没有‘非典’我就发不了财?”张亮不高兴了。

“不是吗?”姐姐挑衅地说，“房子、车子不都是最近才买的?”

“那也不能说明我以前没钱，只是没花罢了。”这句话说出来后他自己都不信，紧接着气咻咻地反问一句，“怎么，难道你只在乎这个?”

“我可没有，是你自己太在乎了吧。”

“你弟弟挣的比我少多了。”

“你跟他比？他有文化，前途无量!”

“那也说不定，他要是再过几个星期不去上班的话，离炒鱿鱼的日子就不远了。”说完后他得到了平衡似的放松了表情。

姐姐被他激怒了：“他无论如何比你强，他品德高尚，不发昧心财！”

“我挣的是昧心财，那么你花的也是了！”姐姐于是掉眼泪了，她一掉眼泪，张亮的话就统统不做数了，他赶紧道歉，赶紧赔不是，赶紧掌自己的嘴，这种程序我都看习惯了。

这样的小争执周而复始，一天比一天多。姐姐一会儿体谅他的心烦意乱，于是接受道歉；一会儿对着窗外的雨遥想当年，恨自己被人这样欺负；再转过身来就能感受到我的心如刀割。三个心事重重的人被绵绵不绝的雨水困在一起，形成了一种奇怪的氛围。

最先忍受不住的是张亮。他撑起一把雨伞出了门，说：“我出去走走。”

姐姐说：“这么大的雨，能去哪儿?”

“哪儿?”张亮看了她一眼，“哪儿不能去?”说完就出了门。

雨水仍然不倦地下着，绵绵不绝。

乍看，是雨水终于使他失去了平静，是雨水使他心神不定，是雨水砸了他的生意，让他大把挣钱的岁月一去不复返。事实上，在姐姐提出结婚的要求时，他已经被某种沮丧情绪控制住了。不可否认，在月收入百万的状况下，他是多么渴望得到女人的爱啊，这些爱无疑会增加他身份的可信度，让他过于腾飞的心安静下来。可是那昙花一现的光阴终究不能医治他的自卑和怪癖，他的心被某种疑虑控制住了，就算他买了新车、新房，夜夜有美人儿相伴，可是那心底不安的隙缝无人来缝合。陡然冷静下来的心使他理智地分析了这个睡在他身边的女人，使他过迟地开始着手分析起来——他发现这个爱来得太简单了，就如金钱，来得那么快。以为好日子会一直持续，现在不是就没了吗？仓库里积压着许多货，几乎有一半的利润在里面。他联想到自己的爱情，当时不也一帆风顺来着？可是现在再一想，对方结过婚就够不称心了，又要替别人抚养孩子，他的心像吃了怪味豆一样七苦八酸。他忘记了自己的机智和幽默，只记起他用财富勾引别人的话语；他忘记了自己对一见钟情的信任，怀疑起别人的回应来。

就在我还以为是财富才使他在镜子前流连忘返时，其实他已经着眼于自己的本来面目了。也不知道怎么回事——由于脑子动多了呢或是欲望太频繁了，他发现自己眼圈发黑，腰身干瘪，那双慌张的眼睛提醒着他好梦的易醒。他照镜子时来了灵感，跑到正在发呆的我身边问了一句没头没脑的话："当初如果我像现在这么有钱，你会爱上我吗？"

"不会。"我回答他。

"永远不会？"

"永远不会！"

"那么她也不会了？"他最后的声音就像是自言自语了。

我没有答复他。这是他临出门时最后一句说给我的话。

现在我已经不能完整地回忆起张亮那些天的心理变化了。但是我想象得出，他是带着何等的沮丧和失落走出这个家门的。仿佛昨天甜蜜还完好无损，今天却突然看到它千疮百孔。他不能忍受伤害到他利益的筹划，也不能忍受这个女人的神气——或者冷嘲热讽，或者指手画脚。

可是他不说，他把真实想法隐藏起来，表面上不露声色。他考虑的最多的一个问题就是：这个女人到底是爱我的人还是爱我的钱？

他自以为自己内心的活动别人不知道，可是关于姐姐的人品问题他向我打听三四回了，每打听一次，他就多一份不安——因为我给不出令他满意的答案来。

姐姐从厨房里走出来了，问道："雨太大，菜不好买，冰箱里有两条鱼，我们中午红烧一条，再清炖一条，怎么样？"

"随便。"

"哪能随便呢？"

"婚姻都能随便。"我回了一句。

我向来不是尖刻的女孩子，但自从和他们生活在一起后，我就经常会说一些尖刻的话。

"我哪里就随便了？我们相爱了，现在要结婚，哪里就不对了？"

"为了自己的妹妹，为了钱，为了找个窝才结婚的吧？"

"没有为你，我是爱他的，他也是爱我的。"

"你爱他？"我冷笑着说，"你看得惯他那模样？别自欺欺人了吧！我早就知道你打心眼里瞧不起他。"这回姐姐没有反驳，但是也没有忍让。她从厨房门口移出来，然后坐到客厅的沙发上，开始按动手中的遥控器，她把四十二个电视频道统统翻了个遍，最后停留在一出肥皂剧上。我坐在房间里也能听到女主角的台词："你为什么对我这样？为什么不爱我了？难道我不比她好吗？"她那恼怒的聒噪声把雨声都给压住了。我从房间里出来，看到姐姐耷拉着脑袋，仰面坐在沙发上，目光游离。我看了她一眼，然后走进厨房，开始做饭。我清炖了一条鱼，又红烧了一条。在红烧鱼里，我放了一大把辣椒粉，然后我招呼她过来吃。她慢慢地挪过来，但吃得很少，也没有对我像上一顿那样客气。两个都吃得很少的女人很快吃完了一顿饭，那条放了一大把辣椒粉的鱼完整地躺在那里。姐姐吃完就坐回到沙发上，看得出，她显然有气或者委屈或者有想法，因为她坐着坐着，开始变换坐姿，似是疲倦之极。

我洗过碗，也坐到沙发上，但是垂头丧气的角色却是换了个个儿。她斜过来一眼，说："你确定?"

"我确定。"

"你确定什么?"

"你让我确定什么我就确定什么!"

她突然哈哈大笑起来，笑着笑着笑出了眼泪。时间静静地过去，她开始滔滔不绝地说话："我打小就想过爱情来着，到达北京城的第一天我就这样想过，可是哪里由得了我？后来我发现自己是真的需要，所以不就离了，找到了合自己心意的。可是你也知道，结果就这样！来之前我都不想好好活了。你瞧有许多女孩子不是沦落到了没有羞耻心的地步吗？没有道德，还容易发财，我不是还在撑着？我怎么不能嫁给一个好点儿的丈夫？就像那样儿的：气度不凡，加一点儿浪漫，加一点儿才能，当然了，再加一点儿财富。这样的话，我们走在街上，或者在我做一切事情的时候都有个甜蜜的想头，陶醉的理由。那么到了有一天，他突然生了病，需要我服侍，我就天天服侍他。就像电视上那样，老公成了植物人，老婆把他喊醒。总而言之，就是那种让我舍得为他死为他活的男人。当然了，也愿意为他住简易棚，生双胞胎孩子。钱？要是这些都有了，钱不钱就成了小事，但这些都没有，钱就是大事。他是什么东西？对上唯唯诺诺，对下大呼小叫，算什么男人？一天到晚为了那点儿钱翻来覆去地算，有一点儿利润就把高兴挂在脸上，真正有钱的人是那样算计的？说穿了也是小市民一个，从买房子那天我就看清楚了。一开始他对我百依百顺，现在呢，把钱看得太重。另外呢，老是喜欢探听我的过去，好像我是从妓院出来似的。说到底，这个人，是入不了心的。先前我还以为能把他训练过来，现在想想，难得很！”

“你自己就高尚？你不是算计好了才容忍这些的？”

好半天，姐姐才说：“是啊，是啊，我自然是考虑了这些，否则我图他什么？没有钱，不帮我最亲的人分担，不听我的话，我凭什么委屈自己？”

一语既出，像是打开了窗户，一目了然，我们彼此都无言以对了。一件事情到了必须面对的时候，它的真面目就会露出来。这是我们原先不会想到的，但是我们终于想到了。

永　爱

过了很久我们才开始其他的话题，说她对我的第一印象，说她头一次看到我就惊叹得不得了，想不到妹妹变得这么漂亮，要是早知道这么漂亮，早就过来认了带到北京去；说她现在舍不得离开我，但是看样子，我也不太需要她，志向不同，观念不同。最后她说："其实跟男人睡觉也没有什么，结婚也没有什么，不好就离嘛，偏偏你看得重！"

"结婚不重，那什么重？"

"亲情比这些东西重！"

"可是你一去就不回来！"

"胡说，你知道什么？其实刚到北京不到一个月，我就回去来着。那天傍晚，我都走到村口了，我看到了我们的家，看到了你们在门口玩耍，还看到煤碴掉在路上，踩得脚疼，我还闻到了矿上的那股臭味。那一刻我就明白过来了，如果我进了门，我就没有机会再出去了，那下一个捂住肚子走路、烂了肠子的就是我了!”

“可是爸爸死了你都没回来!”

“你知道什么?我哪天不在想着怎么样把他接出来?我想再等等,等到我有足够多的钱的时候,我就把你们都接到北京。可是,那时候我正在跟他离婚,我想等我离了,分到那房子的一室半室的,接你们来还有个地方住。可是我还没离掉,爸爸就不在了,你以为我不难过?”

我沉默许久,突然发现她的眼眶居然像个小型的水库,蓄满了那么多的水。于是我闭上了嘴。

过了很久,等她的水库终于不再流通了,我便讲了不少知心话。我说姐姐要是多读点儿书,定能迷倒一大片。但是迷得再多,也不能靠他们。男人靠不住,再好的都靠不住,别说是次的了。

我们俩推心置腹了好半天,忘记了屋外的雨以及从窗户眼里涌进来把卧室都打湿了的雨。我们看到那水顺着窗户往屋里渗,相互看看,然后会心一笑,在心里决定随它去吧。

累了之后,我们起来,把剩下的鱼汤一扫而光,然后躺在舒服的大床上,闭目养神。

晚上九点多钟,我们在雨的安抚声中睡去,一觉睡到第二天天大亮。

姐姐推醒我,“我们去买衣服,怎么样?”

“衣服?”我嘟囔着。

“你看看你身上的衣服都紧了啊!”

我这才注意到,然后我开始找适合自己的衣服,结果居然一件也没有。

“去买!”我们下了决心，然后跑到厨房准备把肚子填饱。

这时，天气已经放晴，只有零星的雨水还在滴滴答答。家里所有的地毯都湿漉漉的，每踩一脚，都会使我们夸张地笑起来。

我们吃过饭就出了门，站在路口等了半个小时居然没有等到一辆空着的出租汽车。旁边也有等车的人在猜测：听说凡是进了水的汽车都不能动了，昨天一天坏了几百辆，所有的汽修厂都是满的。

于是我们徒步往商场的方向去，结果路上到处是水坑，以致行走的速度非常之慢。我们在一片水洼处改变了主意：“要不，我们去看电影?”

到了电影院，我们买了两张票，但是并没有听清电影的名字。拿到票才发现时间还早，就跑到影院边上的茶室里坐上一会儿。我们坐到靠街的椅子上，桌子上是清新怡人的菊花茶。从茶室透明的窗户可以看到街上的景象。街上许多穿着黄马甲的人正在清理积水，许多路过的车辆不得不等在那里。这时，姐姐的表情发生了变化，我发现她突然伸长了脖子专注地看着街上的某个景物，身子情不自禁地向前倾斜，后来她站了起来，那双又黑又大的眼睛似乎急切地想捕捉一个必须被捕捉到的信息一样。我顺着她的目光看过去，只见车上赫然坐着昨天一夜未归的张亮，旁边的位置上坐着一个女人。

姐姐端起了茶杯，“咕噜”一声吞下去满满的一口茶以及茶中的菊花。

她拿起桌子上的手机，拨打了张亮的电话："你在哪里?"

"我在公安局。出麻烦了，小澜!"

"你在哪里?"

"公安局啊!"

"现在，就此刻?"

"现在就在公安局啊!"

"在公安局做什么?"

"小澜，他们说我卖给医药公司的药是假药，让我去接受调查，搞不好要坐牢的哦!"

"假药，你贩卖了假药?!"姐姐的声音夸张得失了真。

"是啊，我想多赚点钱，让你开心开心嘛。不过，他们说现在还有办法，就是把非法所得全部上交，再缴点罚款就可以了。小澜，你愿意把房子卖掉缴罚款吗?"

"当然，我当然愿意把房子卖掉，当然不忍心让你去坐牢。这样就够了吗？如果不够，我还有几十万的存款，我都愿意拿出来帮你渡过难关。"

"小澜，你说的都是真的？你真的对我这么好?"

我看到窗外的马路已经畅通，可是张亮的车却纹丝不动。我清楚地看到他挥挥手让旁边的女人下车，下车前从钱包里拿出几张钞票，那女人迅速打开车门，消失在了街道的另一角。张亮身后的车开始用喇叭发表不满，可是这个打着电话的男人像是着了魔似的听不到任何响声，他继续对着手机说话："小澜，你对我这么好，我太感动了。那么我现在向你求婚你同意吗？我向你保证，我会对你一心一意，把挣来的钱都交给你。小澜，你真的愿意把所有的钱都拿出来救我？”

姐姐把手机放到桌子上，然后端起服务员刚满上的杯子，又是“咕噜”一大口吞了进去，她的五官顿时被烫得拧到了一块儿，然后她又慢慢地拿起了手机：“那我现在就去？”

“对，现在，在公安局门口。”

“好，你等着我。”姐姐的眼睛始终盯着街上的张亮，“那么，你昨天整晚都在公安局里过的，蚊子多吗？受苦了吧！”

“没有什么，只要你理解我，对我好，什么都不是问题。我一定能让你过上好日子，只要你真的到公安局来和我商量。”

“我马上就到，十分钟！”姐姐挂了电话，她的神色有些可怕。那种表情是我从未领教过的，是一种古怪的、扭曲的，像是被马蜂蜇了似的怪怪的模样。她看上去是那么的迷惑，有种难以忍受的无助。她的五个手指开始不安地相互扭动，两肩的肩膀也失去了平衡的美感。那边，张亮开始发动汽车，他在满是积水的路上调转车头，看样子是要马上赶到公安局去。

姐姐静静地坐了一会儿，然后长长地叹了一口气，拎起椅子上的小包。

“你真的要去？”我问。

“当然。”姐姐说。

“确定了？”我问。

“确定了。”她说。

“电影不看了？”

“不看了。”

“衣服不买了？”

“不买了。”

“不陪我了？”

“不陪了。”她看着我，“我又不能陪你一辈子！”

“你前几天还承诺来着！”我的话没有索要的意思，她是听得出来的。

“前几天是前几天。”然后她说，“我走了。”

“走吧。”我说，“自己当心点儿。”

姐姐回过头，给了我温柔的一瞥，轻步离开。可那一刹那我分明看到了她嘴角的另一种表情，就像是自嘲中又兼有一份绝望的悲哀，这种表情显然不是给我看的，而是不小心流露出来的。我看着她手臂一扬，进了一辆出租车。昏黄的寂寞光影中，她迅速地从我的视野中消失，我仿佛听到了汽车起步时猛踩油门的呜咽声。

天渐渐暗下来，好像把茶室装在黑暗里带进了地狱。我看看时间，四点十分，反常的黯淡，屋里的桌椅渐渐地松动和漂浮。我独自坐在角落里不敢走动，也不知道是应该起身结账还是等待姐姐来接我回去。

果然，一阵暴雨突然来临。每一个雨点都像剑一样从窗户上直刺下来，伴着雷击轰隆，闪电也时时击进来。侍者赶紧拉上窗帘，还以抱歉的一笑，好像这电闪雷鸣和暴雨是他们服务不周造成的。这情形只持续了不到十分钟的工夫。我走到窗前，拉起窗帘，太阳从云层中露出来，几分钟后又不见了，留下一个深深的空隙，陷在厚厚的云层里，像一个人走在泥沙里留下的痕迹一样，但很快就被云层填平了。

然后，我怀念你。在悄然无声的月色下，含笑的、温情脉脉的眼睛，刮风或者下雨的日子，你总是替我挡住一切！如今，所有残局只能我自己来收拾了。

我起身，付账，给服务小姐一个友好的笑。

我走到街上的时候，才发现许多大树倾倒在马路上，各种广告牌、树枝被大风吹得四处都是。许多路段都不通车了，所以我步行着回到了家。

我回到张亮的新房时，已经是晚上九点多了。张亮正焦灼地踱来踱去，地上的地毯已掀开来，晾在一边。椅子搬到桌子上，屋子里有股浓重的霉味儿。

他一见到我就问："你姐姐呢？"

"我姐姐？"我反问他。

"是这样的，我今天跟她开了个玩笑，说自己被抓到局子里去了，我以为她马上就会离开我，或者把房子卖掉就跑掉，可是她居然马上答应去救我，卖房子都可以，所以我就约她在公安局门口见，准备当场向她求婚。在公安局门口求婚，谁也想不出这种方式吧？可是，我的车在路上被暴风雨阻住了，车子也撞坏了，请保险公司的人来勘查现场，忙活了半天，人也被扣到交警大队，说是酒后驾车，等我好不容易脱身来到公安局门口时，却发现只有这些东西。"

他指的是桌子上的房产证，以及他买给姐姐的一切手饰。

“她可能急死了。我真后悔这么做，我打她手机她都不开，我都急得不得了。小容，求求你了，我是真的爱她啊！”

“爱她？可是你先前还算计着她得了你多少好处！”

“不会了，以后不会了，光有钱有什么用，没有人爱才没劲呢！”

“现在让你换你愿意？”

“愿意、愿意！”

“可惜，这东西不是换来的。”我说完就坐到沙发上，打开电视机。电视上正在播报当天的新闻，新闻内容几乎都是围绕傍晚这场九级大风展开的：

这次突发事件，造成了九人死亡，四十一人受伤。有多处房屋倒塌使房内的人来不及躲避被压在废墟下，消防部门接到指令后迅速赶到现场，冒着狂风暴雨将被压人员急送医院抢救。有三人抢救无效死亡，另有两人遭电击身亡。另外，在长江大桥附近发现一具女尸，死亡时间也是今天，但死因和身份暂时不明。新街口十字路口等处的不少电杆，在狂风的肆虐下倒伏在地。本晚，市供电公司共出动了近两百名维修人员进行紧急抢修。

“天哪，一定是她，一定是她急得不行了，就去跳江了。”

哥哥也赶来了，这时，110 也要求刚刚报案的张亮去大桥派出所辨认尸体。“小容，你就不要去了。”哥哥说。

“我当然不去，因为那不可能是姐姐。”

“你怎么知道？”哥哥的脸色不知什么时候已变成土灰色了。

“你最好也不用去，要去让他去就是了。”我对哥哥说。

“为什么?”他的眼神由于太多意外的惊吓显得明显有点儿迟钝。

“因为她没有死的理由。要是死的话，那就不是姐姐了。”

哥哥没有追问，他在这两个多月的时间里，和姐姐并没有过多的接触，所以他对姐姐到底还是一知半解的。

他仍然和张亮一道去了江边认尸。

他们回来的时候，我已经睡着了。张亮激烈地敲我的房门，我爬起来打开门。“小容，你肯定知道她在哪里，是不是？是不是她知道我在开玩笑？是不是我的玩笑伤了她的心？我向她道歉！你说，她在哪里?”

“我不知道。”我干脆地回答。我很想对着他的眼睛像以前那样嘲讽几句，但是，这孤单的夜里的气氛，似乎不适合这么做，非常不适合，所以我复又睡去。

张亮却不肯再睡，整个晚上他动也不动，目瞪口呆地站在姐姐曾经待过的地方。他看上去面无血色，灰心绝望，巴不得死了才好。

第二天他们又被叫去认尸，留下我一个人在这幢房子里。我坐下来想姐姐：她此刻在何处？北京的路上？天堂的路上？或者停泊在一个她以为可靠的地方?

他们回来的时候，我已经在搬自己的行李了。张亮神情木然，我无法从他的脸上分辨出他带回来的到底是什么消息。我转过眼看哥哥，哥哥走上前，抢过我拎在手上的包。他凝视着我，眼神里有着怜悯，可是更深的地方却又是虚弱。我问他："是她?"

他摇摇头，"不能确定。"

"这就是了，"我说，"她没有理由去死的。"

"你得去看看，否则不好说。"哥哥看起来疲惫不堪，昔日男子汉的阳刚之气被从天而降的雨点打得粉碎。

"不是她，我跟你说了不是她，她没有理由去死。"

他们不信我。

城市虽无比繁华，却罩不住人心的苍凉，他们个个像被秋霜打过的茄子。

我恼怒地看着哥哥，"没有更坏的事情了，你回去吧，以后不要再找她。"我发现自己无意当中变得高大而慈祥，我像大姐姐一样看着他——姐姐也从来没有这样看过他。突然发现他的头上多出了丝丝白发，我再一次对他强调："以后不要再去认尸，没有我们的事。"

他木木地看着我，对于我的神情和举止都深感不安。我无法猜测他当时的感受，但我知道他的内心肯定像一块薄玻璃一样一捅就破——事实上许多看上去透明而单薄的玻璃经过许多次撞击都不会破碎。我朝他笑笑，希望我的笑能够使他的玻璃结实一点儿，才不至于令人如此担忧。

离开的路上，雨重新蓄积而涌，一会儿就把我们逼得四处分散地躲避。我们匆匆寻找屋檐的动作安慰了彼此的心，我们放心地说了再见。

接下来的事情就很简单了。我住到你的房子里。那时的房子还不像现在这般昂贵，房子不太新，但是有浴室、浴缸。我每天下了班就到楼下散步，接受阳光的爱抚。累了我就泡在浴缸里，看孩子在我的腹部左一下右一下横一下竖一下地乱动。哪一次他停上十多分钟不动时，我就赶紧拍拍他，这时，他准会伸出手或者动一动脚。隔着皮肤这层薄膜般的墙，我开始与他交流。正是这种交流使我平静下来，使我能再一次感受到你的存在。我以最热切的期待、博大的母爱时刻关注着他的成长。我准备下一步对他进行胎教，当然，医生说了，良好的心态、平和的情绪就是一种自然胎教。

自你离开宁城后，三月、四月、五月、六月等日子都不间断地过去了，从前那个漂亮的姑娘慢慢地有了母亲的从容，她不再那么娇弱和单薄，她变得强壮，胃口大好；她身材开始变形，肚子凸起，腹中的胎儿传出的种种信息使她的脸上有了母亲的安静。

我不知道宝宝是男是女，是健康的还是有缺陷的，但是我会好好珍视他！他让我的身材变了形，他让我像母鸭一样摇摆着走路，他让我不再青春透明，他让我变成了真正的女人。是的，他让我改变得太多了，最重要的是，他让我重新拥有了你。有一个问题我问过你也问过我自己很多次，那就是，我把他带到人世间来是正确的吗？面对一个即将来临的生命，我不知如何解释我带领他进入这个世界的理由，我不知道他的内心深处有没有被我饱含了孤独的泪水所浸透。我不能准确地回答这个问题，我所知道的是灾难、疾病、软弱以及不能预料的一切随时都会光临惠顾。我不能确定自己能否给他宫殿一样不漏风雨、不进凶险的房子，也不能在他接触社会时保证他遇到的全是好人、好运和好吃的食物，无法保证有毒的水、瘟疫或者突如其来的洪水不会侵袭他的生活。可是我凭着直觉知道，对生命的保护比对生命的摧残有意义得多。

房子的前面还有一小块空地，经过管事阿姨的允许，我在空地上撒了一些菜籽，不久，我就能吃到自己种下的新鲜蔬菜了。另外，我找了个收银的工作，这工作我不在话下，这使我感觉不太累。我的身体和心灵都在希求陌生的地方和清新的气息。每天一下班我都会像今天一样回到自己的房间。这个小屋里有你存在过的痕迹，可是你无形中对我的缠绕已经把我内心的伤怀凄凉地展示了出来。

没事的时候，我已经会和邻居同事们说说笑笑，我们会就服装的款式进行交流。她们不知道我曾经的生活，不知道我是怎样被爱和爱过。我的外表和别的孕妇并无二致，甚至看上去和风细雨，有时也会侃侃而谈，学着微笑。

我在自己的能力之内一心一意地照顾着自己和孩子。日落天黑，突然有一天，风陡然变冷，告诉我冬天正步步临近。冬天到来时，孩子也该出世了，那将会是一种全新天地里的全新生活。

有那么一些时候，我感到难以支撑，这时你会出现，不是逝去不见的你。而是有血有肉的你，我相信你就在那里，离我很远，没有疾病的纠缠，只是用你自己一贯的方式站立在那里。你不分昼夜地注视着我，一如当年在信用社门口的守候和徘徊。确信这一点，使我受到鼓舞，因为这样我就比你活着的时候对你更加放心——对你的安全放心，对我的爱情放心。

哥哥因为对我过于担心，所以辞掉了上海的工作，回到了宁城。他经常来看我，每次走的时候，总要问我："想要什么，我尽量拿来。"

"我不需要什么，你就别操心了。"时至今日，我确实没有明确的目标，其实我从来就没有主动制定过什么目标，如果活下去算不上什么目标的话。

"不管怎么样，你都得挺住！"每次走，他都会加重语气如此这般地交代。

"那是当然。"这一点毫无疑问，腹中怀着孩子，肯定会勇往直前。

现在，一切都平静下来，回首——也让思维以一种属于我的组合方式表现出来，在回忆中，我一次次坠落在故事的深渊中，一次次经历着失去你的打击。奇怪的是，我没有在这些打击中一败涂地，相反，我一次比一次懂得了感恩，感谢那些曾经为了你我的爱情而付出的人们。爱是活下去的最大理由。

有许多次，我独自寻找我们共同的地方——最常去的郊区边上的小山头。我常常伫立很久。一阵阵风从右边的树林里吹来，很轻。你不在的时候，连风都想来安慰我。它落落大方地在我身边舞蹈，我每次来都会遇到它，它的存在隐藏着沉默的语言。它想提醒我什么？忘却？还是继续沉迷？每当我企图去试探自己的命运时，它总是迅速隐没了，在我起身要走的时候，它仍然翩翩起舞。哦，我明白了，它用它的永恒提醒我世界的稳定性。它想说：希望还在，生活还得继续，伤口会结疤的，微笑会回来的，一如风。

日日夜夜，我们眼里的景象不断地变化。起初，只是多了几辆铲车，后来，多了几幢楼房，再后来，目及之处，门店开张，人来人往，再不多久，这个山丘也被铲平，盖成了修理厂。最后一次到来时，是你离去三年后的一个初冬的傍晚，四周是草香、夹着寒意的风、零乱的山、麻雀的唧唧声，山的体温也在下降，感觉真冷。再后来，它消失不见，被建筑物替代。

如此这般，我静静等待黑暗过去，渐渐学会对新生命的向往——任何人都不能打碎的向往。我在这里疗伤、思考，做着母亲的准备，学会长出丰满的羽翼，来保护那即将到来的生命。虽然在我的心头留下渴望的痛苦，那些记录在案的悲欢离合，使我体会到命运的残酷。

我的决心不会受到撞击和动摇。我知道信念比事实更重要，那是我活着的理由，也是我活着的责任！这些自然无疑对我的心态有着相当大的帮助，我渐渐能感受到眼前的景物开始有了些许色彩，行走在生活表面的无助和孤独感也缓缓淡去，有些东西已经过去，另一些已经开始。

十年之中，又发生了许多意料之中却又令人欷歔的故事，或者事故：关于姐姐，关于哥哥，关于城市，关于国家，关于这个地球，又发生了更多的灾难，海啸、地震、洪涝、干旱……多少有情人被分开，多少父母的眼泪哭干，多少婴儿失去了父母的庇护……灾难也使我明白，关于人类的情感和走向，都应该顺应大自然的律令和意愿。而人类遭受的那些灭顶之灾，很难说不是大自然对这个风云世界的抗议和警告；所有人类难以承受的苦痛，很难说不是自然对我们的责罚。

至于我，穿过岁月的幽暗长廊，到达了今天。现在，汽车停下来，我进到居住的房子里，仍然是十年前的模样，我几乎没有动过它。墙上挂着你和母亲的相片，还有我和孩子的照片。抽屉里有许多证件，每一本都见证过你的青春和奋斗，是你短暂人生的印记。你用过的写字台很旧了，现在看来，这一切都显得寒酸。这幢房子的外表更是陈旧，我已得到消息，很快，它将会被拆迁。抗争是无效的，房子被夺走，回忆不会被夺走。相机记录了你离开之后的一些岁月的瞬间，那些似乎与你再无关联的清晨和黄昏，那些你未曾目睹的成长和进步。

房子里也有过别的男人的身影，餐桌和沙发上都留下他们的痕迹。是的，我尝试过重新开始。我知道那是你期许的，不过很遗憾，至今没有人可以进入你的生活，取代你的位置。你离开不久后，我明白了忠贞的含义。所有标榜的忠贞在标榜时都失去了原意。忠贞是内心的安宁，忠贞是从心底散发出来的满足，忠贞是忠贞者的需要，而不是忠贞者的奉献。有人总喜欢用“过去”或“曾经”来给已完成的爱情下结论，在我看来，存在即是全部，爱既是过去，也是将来。如同河流奔腾，自然而然。

我们的孩子有着跟你一样严肃深沉的表情，他也喜欢古典音乐，写完作业的时候，就在那架古老的钢琴上摸索出一首又一首曲子；他还是个电脑专家，能够在一秒钟内找到相隔数千公里的陌生人，他有 QQ、微博和微信，他还在网上写日记，批判时事；他把自己证件照的背景换成布达佩斯的广场，仿佛他真的游历过那里。时光荏苒，他的童年跟你我已全然不同，不过，他保持着许多跟你相似的特点，比如，他的严肃和专注，比如他的纯粹和羞涩，跟你尤为相似的是，他也爱极了他的母亲。如果有一天，他遇到了喜欢的姑娘，一定会像你当初一样，用迂回的方式小心翼翼地抵抗，略显胆怯地辩解。想到这里，我常常会忍俊不禁。

此刻，我从窗口目睹他一步三跳地从远处走来，犹如稀世珍宝般的夕阳余辉钻出层层云雾投射到他脸上。他幸福地奔跑起来，不多时，肯定会把学校里的重大新闻第一时间发布给我——考了好成绩啦，某个女生被某个男生欺负啦，新的体育老师很幽默啦……他迫不及待地跳跃着上楼，我已经听到他书包上挂着的铃铛的碰撞声以及他气喘吁吁的呼唤声……